金牌小说

蓝莓季节

The Canning Season

〔美〕波莉·霍华斯 著　赵永芬 译

晨光出版社

尽力做最好的你

在缅因州过夏天,听起来好像一本小说。

荣获美国国家图书奖的《蓝莓季节》的故事,即发生在如小说般的缅因州。在十三岁那年的夏天,女孩瑞琪突然被母亲送上了去往缅因州的火车,粗心大意的母亲甚至连行李都忘了给她带上。谁也没想到,这次匆忙的远行竟让瑞琪从此告别家乡,永远地住在缅因州有熊出没的森林。

在玫瑰幽谷过夏天,确实像一本小说。这里的一切宛如童话:与世隔绝的蓝莓山谷,海边悬崖上城堡般的大宅,性格古怪、特立独行的双胞胎老奶奶……但同时这里也有着荒诞离奇的家族往事,有奇怪的只能接不能打的电话线路,还有两位老奶奶七八十年来固执的自我孤立。故事情节似乎都是日常琐事,但你却又会禁不住好奇,书中每个人的人生还会朝着怎样的方向发展。

安静的瑞琪在大宅里如幽灵一般,就在她与两位老人渐渐相互适应的时候,另一个女孩哈波也被阴差阳错地送来了。她的出现让故事的色调明朗起来。这个心直口快的女孩从小被母亲抛弃,由不靠谱的姨妈养大,而现在姨妈也不要她了。看到这里,之前模模糊糊的真相才会突然清晰,故事里的这四个女性:两个小女孩和两位老奶奶——潘潘与缇莉,都曾被母亲抛弃。

Preface 前言

　　书中潘潘说，真相没有好与坏，就只是真相罢了。很多时候，事实无可改变，而我们如何看待与接纳往往会影响我们的一生。多年以前，这对双胞胎姐妹的母亲以极其惨烈的方式离开了她们，对此姐妹俩一直有不同的感受和看法，这也导致成年以后，她们心中各自有不同的人生风景。两人都固守在森林里，缇莉是因为不愿远离死去的母亲，潘潘却是因为真的热爱森林。

　　两个女孩会受到老奶奶怎样的影响呢？在来到这里之前，瑞琪总担心自己要为妈妈的幸福负责，而妈妈却对她漠不关心；哈波则对被爱抱有直率的希望，却遭遇一次次的失望。她们俩会以怎样的方式抚平内心的伤痛，找到心灵的平静呢？对此，潘潘说："恐怕我们都只能在自己的内心找到平静。"在这一点上，这本书具有很大的抚慰人心的力量；也因为这一点，这个原本写给青少年看的故事，在成年读者心中也能引起共鸣。全书的主旨借潘潘之口而说，又由出场戏份不多的哈奇升华地点明——尽力做最好的你。找到自己热爱的事，并尽全力去做到最好，我们即能平静地行走在这个世界上。

　　在作者幽默灵动的笔触下，这本书字里行间都流淌着深沉的热爱。一些片段的描写看似毫不煽情，却是那样直指人心。庆幸有这样的作者倾尽心力为我们写书。读书是为了与世界有更深入的交流，而一本好书不过是想让我们找到更好的自己，不过是想——让你成为最好的你。

蓝莓季节
The Canning Season

Contents 目录

{序幕} ……………………………………… 1
1 玫瑰幽谷 ………………………………… 8
2 星光灿烂的夜晚 ………………………… 25
3 梦境的走廊 ……………………………… 42
4 香草莉拉 ………………………………… 54
5 蓝莓小姐 ………………………………… 66
6 走错岔路的女孩 ………………………… 82
7 理查森大夫的长胳膊 …………………… 112
8 夏季无比美好的一天 …………………… 138
9 带蜜蜂的雏菊 …………………………… 166
10 蝴蝶形的疤痕 …………………………… 179
11 装罐季节 ………………………………… 211
{尾声} ……………………………………… 221

The Canning
Season

The Canning Season

序幕

　　瑞琪和妈妈杭莉叶一块儿生活，住在佛罗里达州潘萨镇，就在一座公寓又小又暗的地下二层。屋子里没有窗户，但即使有窗户，瑞琪想象着自己和妈妈也只会看见蠕动的虫子、蛆和怪模怪样的吓人的昆虫。而她和妈妈与这个充满噩梦的地方，只隔着卧室那四面薄薄的墙。

　　瑞琪从来就没睡好过。杭莉叶倒总是睡得很香，躺下就着，而且马上就打起鼾来。杭莉叶在狩猎俱乐部里端盘子，还要替别人打扫屋子，一年到头总是累得精疲力竭。瑞琪很担心她。偶尔，瑞琪还会梦到那些虫虫半夜里在墙上打洞，一只只穿墙溜进来，爬进她妈妈的耳朵，一直钻进脑袋里。于是她常常在夜里醒来，用力倾听那些勤奋的小昆虫的动静。有时候梦境实在太逼真了，第二天一早起床时，她会忧心地死死盯着杭莉叶的耳朵，看看上面有没有微小的孔洞。有一回杭莉叶发现了，骂道："别那样盯着我。你这个样子叫我怎么带你去潘萨狩猎俱乐部啊？他们会以为你是个傻子！"

潘萨狩猎俱乐部里有马场、网球场和游泳馆，还有奢华的会所。过去十三年以来，这个俱乐部一直是杭莉叶心中的灯塔，她最大的梦想就是成为俱乐部的会员。虽然她既没有马，也不会骑马，可她还是会把马裤、马鞭和头盔这些行头买回家，装出一副会骑马的样子。

"潘萨狩猎俱乐部！"她常常会一边念叨，一边将她的骑马装备夹在腋下，在家里迈开大步走来走去。她脚上穿着大大的黑色长筒马靴，几乎高到她的膝盖。靴口挤出了一大圈肥肉，实在不怎么美观。幸运的是，她很少低头往下看，她认为自己的形象简直棒极了。

"我今天看起来怎么样，瑞琪？"她会这么问。要是瑞琪不回答"简直棒极了"之类的话，屋里紧接着就会是一片冷冰冰的寂静。

那天晚上，阴郁的夜色渐渐降临。瑞琪住的地下二楼比佛罗里达州的其他地方都要黑得更早。她和妈妈坐在厨房的餐桌前,吃着阿华田①和早餐玉米片。屋里安静极了。杭莉叶没有朋友,平时也几乎不在家,她更不允许瑞琪交朋友。

"别那样拿汤匙,瑞琪!想想狩猎俱乐部,狩猎俱乐部!"杭莉叶突然训斥道。接着她又重复了一贯爱说的一句话:"感谢上帝有狩猎俱乐部!"

"是啊,狩猎俱乐部!"瑞琪也像往常一样附和着。

"感谢上帝有它!"

"是的!"

"要是没有它,我们会在哪里呢?"

"哪里都去不了。"

"对。感谢上帝有狩猎俱乐部。"

"是啊,当然了。"瑞琪满怀希望地说。之后杭莉叶的眼光又变得冷峻无比,于是屋子里又是一片死寂。

瑞琪觉得,关于这个狩猎俱乐部的想法还是挺安慰人的。早在还是婴儿的时候,她就一直听说那里特别奢华。她很想跟妈妈一起去俱乐部,可是妈妈说这不是个好主意,因为她的肩胛骨上长了那个东西。如果带她去了,对她自己,对杭莉叶,都会有不好的影响。"我真希望当初给你取的是另一个名字。"杭莉叶说着叹了口气,"这都是你爸的错。"

"我的名字是他取的吗?"瑞琪问。

---

① 阿华田:一种用于冲泡的麦芽饮料。

杭莉叶耸耸肩，一副不耐烦的样子。"当时我还年轻。人在年轻的时候，总会做一些蠢事。"

瑞琪从没见过自己的父亲，她一出生他就溜之大吉了。

"生孩子真是一次可怕的经历，我根本没有一点儿心理准备。你没被生下来之前，他们连东西也不让我吃，不管我有多饿。好像除了呼吸之外，我什么都不能做。可我才不要光是呼吸，我只想吃汉堡！等一切结束之后，他们终于送吃的来了，可那些东西却让人想吐。"

"那是些什么东西？"

"我记不太清了，瑞琪，大概是奶油酱烩鸡吧。医院里从来只会准备一种晚餐。他们可能会管它叫别的名字，比如烤火腿或者风味牛排什么的，但其实都是奶油酱烩鸡。"

瑞琪忍不住想流口水。她们已经很久没吃到像样的东西了，即使是奶油酱烩鸡。烤火腿和风味牛排听起来也不错。自从杭莉叶买了新的骑马装备，她们顿顿都吃早餐玉米片。

"后来我说先把宝宝抱走，再给我端来淋了奶油酱的鸡肉吧。结果，他们把我推到一个房间，里面还躺着七个刚刚生完孩子的产妇。我当然哇哇大叫啦。我的意思是，如果我想跟一大群这样的女人混，我早就去什么社区了，对吧？我就会去某个大家促膝谈心的教友小区忍受阵痛了。于是我一次又一次地按铃叫人来，直到他们把我推出那个房间为止。

那些护士好像觉得我有点疯疯癫癫——相信我，在那个节骨眼上，在闻了一整天医院里各种令人厌恶到极点的味道之后，我还真是快疯了。后来他们把我换到了唯一一间空着的单人病房里。而那间病房之所以会空着，是因为里面的管道刚巧在修。我搬进去时，工人们还想继续修管子，说什么他们有他们的工作程序，啰唆个没完。一个护士想跑出去找个块头更大、更壮的家伙来把他们赶走。哼哼，我当即把小块小块的胎盘甩得到处都是，立刻就把他们赶跑了。"

"小块的什么？"瑞琪问。

"其实那只是我第二顿晚餐里的樱桃果冻罢了，可是那些工人不知道啊。他们急急忙忙就逃走了。你能想象一堆工人挤在产妇病房里吗？这还不算，我正要长舒一口气的时候，突然瞧见了一样工具，可能是哪个工人落在窗台上的。嗯，那可真是压倒骆驼的最后一根稻草！没准有人会为了拿回这东西，在半夜里冒冒失失地闯进来。起先我还没注意到它，因为你爸和我吵得正凶呢，为了给你取名的事。瑞琪，你知道吗？生孩子这事就已经够叫人神经紧绷了，还没有人告诉你孩子生下来之后该怎么办。可宝宝就在那里！这也就是为什么有些新妈妈会把宝宝留在公共场所的洗手间里，忘记抱走。谁能随时随地记得啊！给你取名本该是整件事中最简单的，但任何事情只要有你爸掺和都不可能简单。比如我很喜欢尤金妮这个名字，你爸却一直说：'臭臭，我们就叫她臭臭好了。'他纯粹就是为了搞笑。你能想象经过那么一天的折腾后，听到这名字我有多生气吗？然后他又说：'或者叫臭屁？臭屁·克拉克！'

"我说叫伊凤吧，他就说叫打嗝。他根本不听我说话，只顾着搞笑。就在那时，我看到了窗台上那件工具。'谁把棘轮忘在窗台上了？'我问。你爸当然不会老老实实地回答，他非要耍嘴皮子不可。'不对，那不是棘轮，是一把扳手。'他说。嘿，难道我会把扳手看成棘轮？我是不会弄错的。于是我们俩就吵起来了，很快他就开始大吼大叫。他这个人一向喜怒无常，瑞琪，你永远不知道他什么时候会大发雷霆。他的样子真的很吓人。他还威胁我，说我要是不承认那是一把扳手，他就把我的病床推到窗边，摇高了，然后让我从窗口滑下去。我完全不理他，自顾自地拿起一本杂志，假装阅读一篇关于马球的文章。我早发现了，当他情绪不稳定的时候，不理他更好。

"'是棘轮。'我满不在乎地说，然后眼看着他把病床的上半部分慢慢地摇高，导致我缓缓地顺着医院滑溜溜的床单滑了下去，滑向敞开的窗户。关于医院的床单我也有话要说，那破床单好像是尼龙还是什么人造纤维做的，搞得病人老是会从床上滑下来。砰，砰，砰！医院里整个晚上都听得见这声音。十个病人有九个都是半夜为了拿杯水喝，一转身就摔断一根骨头。剩下的那个发现自己没水喝,而且喝到水的希望渺茫时,立刻就心脏病发而死翘翘了。

"总之,你爸又说了:'是扳手。'

"'棘轮。'我说。

"'扳手。'他说。

"我的两条腿眼看就要从五楼的窗户滑出去了,睡衣整个儿被堆到了上半身,让光溜溜的大腿在风里晃荡。就在那时,一个护士快步冲了进来,惊恐地尖声叫道:'大哪,克拉克先生!克拉克太太,如果你想多呼吸点儿新鲜空气,跟我们要轮椅就行了!'

"然后她把我推回床位,再用力把窗户关上,免得我们再犯同样的错误。我继续假装若无其事地看杂志,这可把你爸气疯了。他正打算再一次发飙,却突然听见走廊里有人说候诊室正在发送哈瓦那雪茄。嘿,他一溜烟就不见了。他不在的时候,一个女人走进来问我要你的出生证明上的信息。我一把抓过表格,在姓名那一栏里填上了'棘轮'!棘轮[①]!所以你的名字便成了瑞琪——瑞琪·克拉克。哦,对了,今晚你要到缅因州去。"

[①] 棘轮:一种类似齿轮的零部件,原文为 ratchet,此处作人名使用,音译为"瑞琪"。

The Canning Season

1
玫瑰幽谷

"我要到哪儿去?"瑞琪一下子惊得喘不过气来。
"缅因州。"
"缅因州?"瑞琪大声叫道,"我干吗要去那儿?"
"你去过一个夏天,跟缇莉和潘潘·曼纽托曾表姨母一起。你管她们叫姨婆就行了。我都叫她们缇莉、潘潘姨婆,她们也总是叫我侄女。你也可以当她们的侄女。谁会叫什么'缇莉曾表姨母'那么一大串啰里吧嗦的呢?实在太拗口了。她们是我们的远房亲戚,我差点都把她们给忘了。我小的时候,夏天都是跟她们一起过的。现在你也大到可以试着离开家里了，而她们那儿是我能想到的唯一不用花钱的地方。"

"我今晚就走？你干吗不早点儿告诉我？"

"我想给你一个惊喜啊。好了，快点儿收拾一下，到那儿去要花上两天时间呢。火车票和汽车票我都给你买好了。你一定会喜欢在火车上睡觉的，一路上都是哐当哐当的声音。这是你的行程表。快点儿，瑞琪，去拿你的外套。"

"可是天气还很热啊。"瑞琪说。

"缅因州现在可不热。学校什么都没教过你吗？"杭莉叶快步走上地下室的楼梯，来到停车场。你别看她开车时一副心思坚定的样子，其实她对要去的地方一点概念都没有。她从来没去过火车站，可是她想，管他呢，有地图啊。杭莉叶平常在潘萨镇里，总是走同样的路线，从来不会换一条不习惯的路走。这会儿出门才几分钟不到，她们就迷路了。瑞琪紧张地抓着座椅，只听见杭莉叶在慌张地自言自语，说什么街道的位置怎么跟她估计的不太一样，然后车子还差点儿撞上一个路人，又闯了次红灯。到了这时候，杭莉叶才想起来，瑞琪的行李箱还端坐在家里呢。

"来不及了，"她说，"来不及了。该死！好吧，回头我寄几样东西给你。"她转进一家便利店去问路。等她们终于赶到的时候，距离火车开动只有几分钟了。

"我压根儿也不知道我们家还有亲戚。"瑞琪说，跟着杭莉叶匆匆地穿过站台。

"我跟她们一起过夏天的时候,她们就已经很老了,这会儿想必连棺材都准备好了。潘潘有点儿胖,总是一副开开心心的样子。缇莉看起来则活像条括约肌。"杭莉叶说。

"像条什么?"瑞琪问,可列车员正在催她赶紧登上火车的梯子。她没有跟妈妈说再见。杭莉叶早在很久以前就告诉过她,他们家的人从不擅长说你好,也不擅长说再见,而对介于你好与再见之间的事,也不怎么在行。瑞琪转过头去时,听见妈妈正在火车开动的隆隆吼声中对她喊着什么。

"什么?"瑞琪对着敞开的火车车门喊道。

"把那东西遮好了!"杭莉叶喊完便朝停车场走去。

瑞琪目送妈妈的身影越走越远,直到再也看不见了,她才走进车厢里头。许多乘客已经睡趴在位子上了,有的人脸贴着车窗,有的人脑袋沉重地垂在胸口。女乘客旁边没有空位了,瑞琪只好挨着一个熟睡的男人坐下,眼看着一小滴口水淌在他的翻领上。这样突然地离开妈妈身边,瑞琪有一种硬生生被剥离的感觉,就像一只靴子被人从黏稠的泥泞中拔出来,还发出了偌大的吸吮声。可是,她知道妈妈会瞧不起这种感觉的,妈妈只会说这是无谓的神经过敏。瑞琪把双脚和膝盖并拢,两手搁在大腿上。从这里到缅因州的一路上,她都保持着这个姿势,没什么大的变化。

缇莉身材小巧,而且非常非常瘦。潘潘圆圆胖胖又开开心心的,跟杭莉叶说的一模一样。尽管有一头短短的白发,但潘潘看起来却不那么老迈,不像缇莉那么老。不过瑞琪知道,她们俩的年纪必然是一样老,因为她刚坐上她们开来的车时,缇莉对她所说的第一句话就是:"我们俩是双胞胎,一起出生,一起长大,一辈子都在一起生活,而且也计划一起死。是这样的,我一直试着跟你妈妈解释,可你妈——"

"我们住的地方很偏僻。"潘潘打岔道,从前座转过脸来,对着瑞琪温柔地笑了笑。

"因此万一这个夏天我们就死了,你就会被困在这里。我一直在努力地告诉你妈妈这一点,可她就跟往常一样,从来不听别人说话。你会被困住的。"缇莉闷闷不乐地边说边戴上驾车手套。

缇莉在驾驶座上垫了两本厚厚的电话簿和一块坐垫,但她仍然只能看见方向盘上方一点点的地方。瑞琪坐在后座。车窗外一片漆黑。其实那夜空,包括缅因州森林里整个夜晚的空气,都有一种油油的特质,颜色是那种很深很深、深到几乎看得见彩虹的黑色。瑞琪完全不知道自己身在何处。她的车票上印的是"德利镇",可是杭莉叶又说这两位姨婆在过了丁克镇的地方有一栋房子。车子穿过微亮的小路时,这些D字打头的镇名在瑞琪的脑子里模糊成一片。渐渐地,连镇上几点微弱的灯光也不见了,她也累得记不清都经过了什么地方,累得什么事也没法儿做,只能在后座保持礼貌的、直挺挺的坐姿。

"要是我们俩之中谁出了什么事,你就会陷入绝境。我一直在电话里试着跟你妈妈解释这事。"缇莉继续说道。

"当然啦,除非你能学会开这辆克莱斯勒车子。"潘潘说道。

"你妈妈——"

"噢,看呐,一只熊!"潘潘叫道。

瑞琪把脸贴在车窗上,想看看那熊,可是窗外黑黝黝的一片,什么也瞧不见,于是她又靠回座位。道路变得更狭窄了。潘潘问瑞琪要不要呕吐袋,她们的汽车前座总是备有充足的棕色纸袋,以防万一。瑞琪伸手到前面拿了一个,但其实,尽管缇莉的驾车技术让她感到有些头晕,她却并不想吐。她只是觉得坐立难安,在座位上不停地扭来扭去。缇莉的车速大概是每小时三十公里,一路上还在频繁地紧急刹车,因为她总以为黑暗中有什么东西。潘潘于是伸长脖子四处张望,把车子周围都检查了一遍之后,才说:"继续开吧,缇莉。"于是缇莉就继续往前开,直到下一个幻影出现,她们再紧急停车,再检查一遍。最后,车子终于在一扇大门前停住,门上的招牌写着"玫瑰幽谷"。

曼纽托家老旧的砖头房子庞大无比,高耸的尖塔和角楼与四周环绕的松树梢连成一线,直刺广袤的星空。在缇莉停车的前院下方,似乎有海水拍打岩石的声音。瑞琪听得不大真切,她已经困得迷迷糊糊,走路跌跌撞撞的了。风尘仆仆地赶了四十八个小时的路,她都几乎没有合过眼,现在已经连腿脚都不听使唤了。

"小心摔下悬崖。"潘潘说着,抓住瑞琪肩胛骨中间的衬衣,把她猛拉了回来。悬崖下面是四处喷溅的白色泡沫,瑞琪差点儿就掉下去,扑通一声变成一团水花了。可她已经累到对这样的危险都麻木了,反倒是潘潘抓住她的衬衫时,把她吓了一大跳。她立刻本能地往旁边一缩。衬衫这么薄,她很想知道潘潘有没有摸到她肩上的那个东西。可就算摸到了,潘潘也没有流露出任何神色。之后瑞琪就一直低着头,顺着白色的石头小路往上方的房子走去。她太累了,根本无心留意周围的环境。沉入梦乡之前,她只记得登上了大大的弯弯的楼梯,然后被带到了一个房间。那里的海浪声来得更大,啪啦啪啦地冲撞着海岸再退回去。为什么海水要这样周而复始地拍击海岸呢?她想,它们为什么不能闭嘴?随后她便睡着了。

"眼下最紧迫的一件事,"第二天一大早缇莉说道,她们正吃着松饼加树莓——到处都是树莓,屋子里摆满了一篮又一篮快要烂掉的树莓,"就是衣服,潘潘,特别是夏天的衣服。

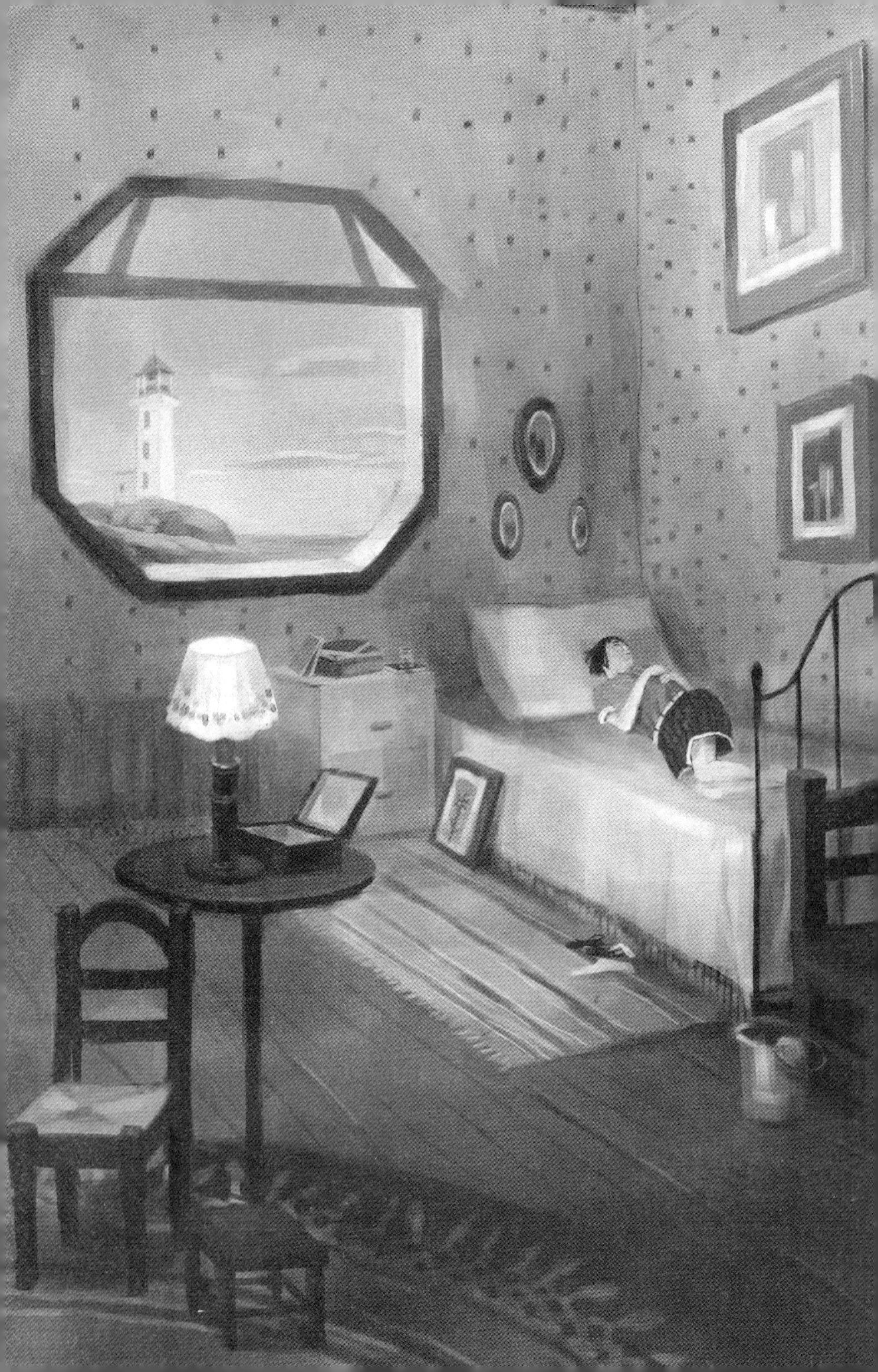

别的也要买。"

"泳衣。"潘潘说。

"短裤。"

内衣,瑞琪想。

"她连一把牙刷都没带!"缇莉愤慨地说,"她妈妈——"

"你要不要再来点儿树莓?"潘潘插嘴道,把一大碗树莓横过桌面传给瑞琪。

"睡得还好吗?"缇莉问道。

"很好。"瑞琪回答。昨晚是她自懂事以来睡得最沉的一晚。她还从来不曾在地面上睡过,更不曾睡在楼上的房间。听不到地底的昆虫钻洞的声音,她在半夜里虚弱地醒来,只看见八角形的窗户前,海风掀起了黄色圆点的瑞士窗帘。我有一个舷窗呢,她想。那一刻她好想打电话告诉妈妈。为了贪看不断掀动的窗帘沐浴在半夜才出现的月光中,瑞琪拼命地保持清醒,可她实在太疲倦了。在她睡着的某个时候,她已经屈服于那雪白的浪花和抚慰人心的波浪声。整个晚上,大海低沉的节奏仿佛一只硕大怪物的心跳,潜入她的无意识之中。

"出去呼吸点儿新鲜空气吧。"潘潘说,"缇莉和我得收拾一下。戴上帽子,然后我们一起进城去,买些必需的东西。"

瑞琪来到屋子外面。天色明亮,阳光从松树的枝叶间筛

落下来，在水面上滟滟地闪烁着。她懒得穿鞋，索性光着脚从岩石边缘走下悬崖，让两只脚丫子在海水中晃荡着。一只海豹游了过去，远处传来钓鱼船突突突突的引擎声。大清早的，海鸥就开始发出叽叽喳喳的噪音，简直要令人丧失神智。四周全是陌生的声音和陌生的景象，就连这些海鸥也不是佛罗里达的海鸥，而是奇怪的北方海鸥。即使有个舷窗，瑞琪也不太想待在这里，她都有些担心自己会把早餐吐出来。

"出发了。"缇莉在悬崖顶上吆喝着。瑞琪赶紧跑上悬崖，穿好鞋子。

"我们要到丁克镇去，亲爱的。"潘潘说。

她们钻进那辆克莱斯勒车。潘潘递给瑞琪一个棕色纸袋时，露出一脸的同情与肃穆。缇莉仍然开得很慢，外加一连串猛烈的刹车动作，感觉就像车子自己在一路蹦蹦跳跳。不过瑞琪没有太在意，她正专心地看着前一天晚上没能看清的乡间景色。一开始是一条泥巴小路，横穿过浓密的灌木丛，车子的两侧一直被灌木丛刮擦着。之后路面变宽，沼泽地出现了，树林更加浓密阴郁，就好像夜色会永远笼罩在她们头顶上似的。沼泽地里长满了蓝莓树丛，瑞琪还看见远处有一只大型动物在喝水。

"噢，你看那头麋鹿，缇莉！"潘潘说道。这话使得缇莉稍一分神把车开离了路面，闯入树丛中，结果花了十五分钟才把车子切回小路。

"拜托你,潘潘,别再指野生动物给我看了。"缇莉说,"要是我们被困在这里,可就一辈子也脱不了身了。我们当中没有一个人可以走到镇上去。"

"瑞琪大概能走到。你有两条健康、强壮的腿,不是吗,瑞琪?"潘潘问道。

"我不知道。"瑞琪望着她们答道,一副很没把握的样子。杭莉叶每次看见她的双腿时,总是这么说:"看看你那两条腿,活像你老爸瘦骨伶仃的膝盖正盯着我、责备我似的。"

"就算她有体力能走到,半路上也只会被熊叼去吃了。"缇莉说。

"那倒是真的。"潘潘说。

"几年前就出过那样的事。"缇莉又说。

"是,但那已经是好多年以前了。"潘潘说。

"是。"缇莉说着叹了口气,仿佛这个话题已然结束,"你知道吗,瑞琪,我说的要是我们死了,留下你一个人待在玫瑰幽谷,就是这个意思……"

"而且你还不会开车……"

"又不能走着出去……"

"等于是孤立无援。"

"电话呢?"瑞琪问。

"电话打不出去，只能接听别人打进来的。"缇莉说，"我们家的电话安装了一年以后，父亲就把线路改装成这样了，因为我们的母亲渐渐养成了一个习惯。"

"是的。"潘潘说。

"她会打电话给每一个人。"

"打给圣地亚哥动物园，还有阿肯色州几家店铺的老板，甚至是住在中国的人。她对世界抱有非常大的好奇心，其实那是很了不起的。"

"而且，如果父亲肯让她去旅行的话，我敢说她就不会养成乱打电话的习惯了。可是父亲却不让她离开我们住的地方，限制她出行，连购买日常用品都不让她去。"

"他觉得那样做有失尊贵——曼纽托家的人去采买东西？那是仆人该做的事。"

"所以母亲哪里都没去过，谁也不认识。真是悲剧一场。"

"实际上她是今天我们所说的，那种特别爱跟别人打交道的人。"潘潘说。

"她没有活太久，"缇莉说，"她死的时候很年轻。"

"当时缇莉和我还小，我们还都是小女孩呢，正好就是你现在的年纪。"

"她是怎么死的？"瑞琪问。

"她把自己解决了。"潘潘说。

"什么？"瑞琪感觉没听明白。

"她用一种特别恐怖的、像野兽一样的方式自杀了。我也不知道为什么。我想，那可能是她当时唯一能用的方法吧。或者她是在做实验。她是非常有想象力的。"

"她是怎么自杀的？"瑞琪感到一阵紧张。

"她把自己的脑袋砍掉了。"

"啊？不会吧！"瑞琪的脑子里嗡了一声。

"你是不是觉得那样还挺刺激的？"潘潘说，"很多大人以为小孩子会被吓到的事情，我敢说小孩子肯定都觉得很刺激。缇莉和我很为母亲自豪，她那么做需要极大的胆量，是吧，缇莉？"

"那绝不是一般的死法。母亲做任何事从来都很不一般。"

"可……你们不觉得伤心吗？"瑞琪问。

"哦，我们很伤心，"潘潘说，"伤心了好几年。她是位了不起的女人，生来不适合被关在房间里。总之，后来父亲一直懒得改装电话线路，我猜他可能是想，即使到了我们该交男朋友的时候，这样的电话也挺好用的——这倒不是说我们这附近来过多少求爱的男孩子。这里实在太偏僻了。缇莉和我就这么待了下来。等我们长到十几岁的时候，父亲也死了。我们把父亲埋葬在后院，把所有的仆人都辞退了。后来，我们俩自己学会了开车。"

"执照那样的傻玩意我们从来就没管过,"缇莉说,"再说当时也根本不需要。"

"是的,不过也无所谓。"潘潘说。

"外头那些人总是认为你需要这样,需要那样,其实全都是胡说八道。不管怎么样,你妈妈打电话来的时候,我提醒她说我们住在荒郊野外,实在担不起照顾小孩的责任。并不是因为我们做不到,而是由于我们打算要一起死。要是我们俩突然死了,你就会被困在这里。怎么想情况都不太妙,可是潘潘却非要当什么佛教徒。"

"好了,好了,"潘潘打断了缇莉的话,"我不会走到那一步的。我还没有皈依佛教,只是感兴趣罢了。"

"潘潘说,"缇莉继续对瑞琪说道,"不管是谁出现在我们家门口,我们都得收留,不能赶任何人走。佛教徒就是这样的,哪怕全世界的人都出现在他们家门口,他们也会照单全收。"

"这种教义太可爱了,而且你知道吗?"潘潘微笑地转向瑞琪,"就在我热烈支持这种主张的时候,你就出现了。这世上有真正意外的事吗?难道我们不该相信冥冥之中自有安排?"

"幸好我们住得离小镇比较远,"缇莉喃喃地抱怨道,"否则八成会被吃成穷光蛋。吸尘器推销员也会搬进来和我们一块儿住的。潘潘,以前那些骑着自行车、挨家挨户敲门推销调料的家伙呢?好多年都没有见到了。那些骑自行车的家伙!要是他们也来,咱们的空房间就要全被占满了。就因为他们出现在门口?这种教义实在有点儿不切实际。"

"我相信这会儿早就没有骑自行车的推销员了。"潘潘说。

"那他们都上哪儿去啦?"缇莉问。

"就算还有,就算他们都来敲门,我想,也不是每个人都愿意留下来的。"

"没什么差别啦,潘潘。我敢说,你横竖会咣当一声把他们敲昏了,硬拖进屋里来。"

"我才不会那么做呢。"潘潘对瑞琪说道。

之后她们才安安静静、平平和和地继续赶路。

车子前方的树木渐渐散开,路面又变得宽阔起来。终于,她们开到了一条柏油路上,接着又行驶了一个小时才来到小小的丁克镇,沿途只看见几辆运原木的卡车和几位迷路的游客。她们在镇上给瑞琪买了衣服,又在杂货铺里买了一些日用品。杂货铺里可真是杂乱,似乎是随意进了几种货物,可以选择的种类寥寥无几——几根铁钉、两盒蛋糕粉、一些浴帽和一个整鸡罐头。缇莉把罐头举得高高的,和潘潘一起爆发出一阵咻咻的傻笑。"谁会买一只装在罐头里的鸡啊?"她问，两人笑得哼哼地打起响鼻，身子都笑弯了，直惹得柜台后面那个闷闷不乐的女孩愣愣地望着她们。她们给瑞琪找到了一件小号的泳衣，两人判断只要用几根安全别针调整一下，应该就能给瑞琪穿了。但平常穿的衣服就只能勉强凑合了，店里只有一些男孩穿的衣裤适合瑞琪的身材，于是她们最终买了几件不太合身的短裤、内衣和几双袜子，还有牙刷和其他必需品。缇莉把要买的东西堆满柜台后，才付钱给那个女孩。买完东西，她们又转往邮局，去那里的信箱拿近六个月的邮件。

邮局小姐明明就认识潘潘和缇莉，却仍然坚持让她们先用钥匙打开空空的信箱，然后才肯到后面去拿早已为她们收好的一大包邮件。"我真希望两位小姐能多来这里几趟，你们的邮件已经越堆越多了。"她说，"上个星期你们就来过镇上，我都看见了。那时你们就可以来拿信啊——每次来镇上，都应该过来拿信才是。"

"胡说！这都是些垃圾！不过放在壁炉里生火倒是挺好的。"缇莉说着高傲地踱出邮局，身后拖了一大袋子，"现在咱们去喝一杯。"

潘潘和缇莉带着瑞琪走进了小镇酒馆那扇厚重的大门。一进到那里，瑞琪就被不熟悉的味道包围了。这间凉爽阴暗的酒吧里，萦绕着湿气、啤酒、雪茄、柴火的烟、老木头以及多年以来累积的男人的味道，无法散去。缇莉和潘潘爬上凳子，为自己点了威士忌酒，给瑞琪点的则是一杯可乐。她们待了很久，边喝边吃着坚果。缇莉喝了好几杯威士忌，潘潘忙着教瑞琪打撞球。

"乖乖，看看是谁来啦！"随着声音响起，一个大块头的男人坐下来，一把揽住了缇莉的肩膀。

"我的老天，伯尔，你的肚皮全都挂在你的裤腰带上了！"缇莉说道。

"你怎么能对你真爱的儿子说这样的话呢？"伯尔口齿不清地说。

"走吧，"缇莉说着仰头喝光了她的威士忌，"我们该回家了。"她们旋下凳子，瑞琪斜着身子绕过伯尔。

"他喝醉了。"来到外面之后，缇莉简短地说。

"他是谁啊？"瑞琪问道，跟着她们俩坐进车子。

"不过是个老笨蛋。"缇莉说着发动车子，"他以为自己是个私生子，就一辈子见不得人了。其实除了他自己，谁在乎这事啊。梅朵知道，不还是嫁给他了？搞得好像是我的错似的，我的错！"

回家的路上，缇莉开车的技术比来的时候还要糟。这真是出乎瑞琪的意料，本来她以为缇莉的驾驶技术不可能更差了。一路上她们遇见了三只从树林里跑出来的熊。其中有一

23

只看起来就像是故意朝车子扑过来的,直到最后一秒它才突然闪开。每只熊出现时,瑞琪都会忍不住惊呼。等到第三只跑开之后,瑞琪吸了一口气说:"它们肯定是饿坏了。"

"要我看,它们就是想气人!"缇莉说着一脚踩上油门,导致车子突然往前冲去,害潘潘一头撞上了椅背,"该死的熊!"

The Canning Season

2
星光灿烂的夜晚

她们到家的时候已经是黄昏了。瑞琪觉得要是走回来,没准速度还会快一些。要不是因为有熊,她还真愿意走路。

缇莉歪歪扭扭地走上台阶时,潘潘早已瘫在客厅的躺椅上了。"噢,老天爷,"潘潘说,"等我的头不晕了再做晚饭。我好像每次从镇上回来都会头晕,真是奇怪。等我把这双鞋脱下来,估计都十点了。要不咱们那时候再吃晚饭?"

瑞琪匆匆地走下石头小路来到海边。夕阳给蔚蓝的海面又涂了一层金色。随着波浪的掀动,不同颜色的海水漂亮地起伏着。要不是肚子很饿,她会觉得坐在这里还挺平静的。

和妈妈在家的时候,她吃饭也不是很有规律,但饿了总还有一盒早餐玉米片充饥。

瑞琪凝望着远方的海平线,不禁想起了曼纽托太太,纳闷她是怎么把自己的脑袋砍掉的。然而不管有多么好奇,瑞琪都不会开口去问那些恐怖的细节的,那样做不太得体。她坐了好久好久,想象着各种可能的方法。天越来越冷,她也越来越饿。突然,她听见潘潘大喊着:"瑞琪!瑞琪!"潘潘光着脚在院子里跑来跑去,撞倒了草地上的桌椅。

瑞琪正脱了鞋用脚趾头拨弄海葵,听到喊声赶紧捡起鞋子,跑上岩石。她的两只脚已经一连被弄出好几处小小的淤伤和口子了,只是被冷冷的海水与石头麻痹,并不觉得疼。按她的感觉来判断,现在好像还不到十点。她有些纳闷,不知道潘潘叫她干吗。

"瑞琪!"潘潘看见她的时候,大声吼道,"快跑,快跑,亲爱的,你妈妈打电话来了。"

"噢!"瑞琪说着飞奔进屋。潘潘气喘吁吁地跟在她身后,嘴里絮絮叨叨地告诉她电话机在什么地方。

"妈妈!"瑞琪抓起话筒叫道,很担心妈妈已经挂了电话,那她就失去这次通话机会了。

"别这么大声吼,瑞琪。我只是打来看看你到了没有。"杭莉叶说。

"到了,我很好。"瑞琪说。

"哦,你当然会很好。我问你,上回你打扫房间的时候,把我那副新的黑色骑马手套收到哪儿去了?"

"收在外套衣柜里啊,就塞在你那件骑马外套的口袋里。"

"哦,我的老天,怪不得我怎么也找不到。下回可不可以请你放在一个随随便便就能看到的地方?"

"好吧。"瑞琪答道。一听见妈妈的声音,她的胃里就立刻因为想家而翻搅起来。

"我知道缇莉想跟我说话,但我刚刚才听潘潘啰哩啰唆地说了好大一串,已经够烦的了。你告诉缇莉,就说我要赶去赴个约会什么的,没时间再跟她说了。潘潘说,她们不如以前健康了,不过她们向来都会抱怨的。"

"好的。"

"还有,瑞琪,把那东西遮好了。"

"我会的。"瑞琪背对着在厨房里忙活的潘潘,轻声说道,"妈,我还要在这里待多久啊?"

"我早就跟你说过了啊,要待整个夏天。别担心,不会有人在你玩得正高兴的时候把你赶走。糟糕,《命运之轮》节目要开始了。"杭莉叶说着就挂断了电话。

"晚饭快好了。"瑞琪放下话筒的时候,潘潘说道,"我突然才想起来,小女孩是很容易饿的,所以赶紧东抓西抓了些东西煮在一起,又去把缇莉叫醒。她应该很快就下楼来了。"

瑞琪帮着潘潘把饭菜摆到桌上。缇莉走进餐厅时一脸憔悴,仿佛睡眠已挤走了她老迈的身躯里仅存的一点生气。随着她缓慢地清醒过来,一抹微弱的光有如黎明一般在她身上再次闪现。

"我们今天的晚饭是奶油酱烩鸡。"潘潘说着舀了几勺鸡肉到瑞琪的餐盘里,"抱歉,不是什么拿手好菜。"

瑞琪的心中一惊。她花了那么多时间默默地想念奶油酱烩鸡,而潘潘做的居然就是这道菜,这简直就像是她用意志力左右了潘潘。

瑞琪四下里打量着这间用木头装潢的老旧大饭厅,饭桌上摆着精美的瓷器。两位姨婆的动作缓慢而沉稳,好像一点儿也不着急。时间实在是太晚了,瑞琪也实在太过疲倦,只想快点把饭吃完。可缇莉却把餐巾铺在大腿上,让瑞琪带头祷告。瑞琪僵在那里,不知道该怎么办。她不会念任何祷告词,她所知道的最接近祷告词的一句话便是"感谢上帝有狩猎俱乐部"。

"缇莉,不如由我来念一段佛家的祷告经文吧。"潘潘说,"我最近在父亲的图书室里看到这么一段文字:'愿一切生灵快乐、富足而圆满,愿一切生灵康复且完整无缺……'"

缇莉已经举起叉满鸡肉的叉子了,这正是瑞琪等待已久的一刻。但缇莉突然又把叉子放下了。瑞琪满心绝望,以为这下铁定逃不过冗长的祷告了,然而缇莉却说:"你知道吗?我忘记给母牛挤奶了。"

潘潘也放下了叉子,叫道:"哦,缇莉,不会吧?"

瑞琪只好跟着放下叉子,心想她们难道永远也不打算把东西吃进嘴里了吗?

"我忘了,"缇莉疲惫地说,"看到奶油酱才想起来。"

"哦,缇莉,如果那头母牛趁我们在镇上的时候胀破了乳头,那就是你的错。"

"我去瞧瞧。"缇莉说着,犹疑不定地从餐桌前站了起来。她佝偻着身子,边走边微微拖着一只脚,慢慢地来到客厅抓起披肩和手电筒。"你们俩先吃吧!"她转头喊道。

"这么晚了,她一个人是应付不了那头母牛的。"潘潘喃喃地说着,站起来跟在缇莉身后。瑞琪也跟了出去,不过先偷偷吃了一大口鸡肉。她跟潘潘一起尾随缇莉来到外边的谷仓。从后面看,缇莉活像北欧神话故事里顽皮的侏儒山精。

"她累坏了。"潘潘低声对瑞琪说,"她很累的时候,身子就不容易站直。她的脊椎有毛病,椎间盘走位了,就好像砖块中间的砂浆松脱了一样。理查森大夫偶尔会帮她拨弄拨弄,把它归回原位。但这么做也只是暂时有效,到了我们这个年纪,除了最后的大限之外,什么都不可能永远有效了。

我不知道你明不明白我的意思。"

夜空里繁星璀璨。瑞琪想,她们似乎常常谈到死亡。也是,仅仅是看着她们,瑞琪就会不由得想到死亡了。然而在如此广大的一片土地上,四周环绕着天空、海洋和树林,死亡好像也不是那么可怕的事了。在这样星光灿烂的一个夜晚,死亡不过就是换一个集会地点罢了。尽管如此,瑞琪倒也并不希望今晚有谁死去,她们都还没享用过奶油酱烩鸡呢。

在谷仓里,缇莉的动作很慢很慢,一举一动都迟缓、审慎得让人发疯,仿佛她不得不专注于自己身上每条肌肉的动作,否则它们就不会干活似的。瑞琪一心想着让大家快点回到屋里吃晚餐,于是她抛开羞涩,跑去帮缇莉的忙。缇莉只要用手一指,瑞琪就马上把她需要的东西拿过来。瑞琪的动作快多了——为了能快一点吃到晚餐,她愿意做任何事!但缇莉开始挤牛奶的时候,那停顿的动作看在眼里还是令人痛苦不堪。每次她慢慢地扯一下奶牛的乳头,就要先休息一下,才能慢慢地再扯一下。

"我来挤吧!"瑞琪终于忍不住说道。要是由着缇莉把奶挤完,她们八成得耗上整个晚上。"能不能让我试试?"

"扯的时候别太用力。"缇莉说着,颤巍巍地站了起来。

"我知道。"瑞琪说道。

"别惹恼了母牛。"缇莉又说。

"她不会的。"正抓住母牛脖子的潘潘说道,"这头老母牛也想早点挤完奶,好落个清静。"

瑞琪在凳子上坐下来,开始挤奶。第一次摸到奶牛的乳头,那种触感让她有些发抖。起初她什么也没挤出来,但紧跟着奶水便流泻而下。她有点诧异自己心中竟涌起一股兴奋。她喜欢母牛身上那种混合了泥土气息的气味,以及它对她的接纳。有那么一瞬间,她都想把头靠在母牛身上了。可是潘潘和缇莉还在一旁看着,她不能那么做。

一旦掌握了诀窍,瑞琪的动作就加快了许多。等到她把奶桶装满,准备回屋里吃饭的时候,缇莉说话了:"现在我们得把牛奶拿到脱脂器那边去。"

"你先进屋吃饭吧。"潘潘对瑞琪说,"我们还得忙一阵子,谷仓里还有些事要做。"

赶在她们之前吃饭似乎不太礼貌,瑞琪于是留下来帮忙,帮她们举起她们举不动的东西。但潘潘和缇莉居然能干很多重活,比如把一大捆一大捆的干草拖下来,这让瑞琪惊愕不已。潘潘做的事比缇莉还要多。两位老太太年纪都这么大了,还能干这么多活儿,真是了不起。等到事情终于做完时,瑞琪的头上和身上都沾满了干草,双手被割伤了,因为总是要用力解开把干草包捆得死紧的绳子。她闻到自己身上有母牛的味道,感受到一种新鲜的疲惫。她实在是太累了,反倒一

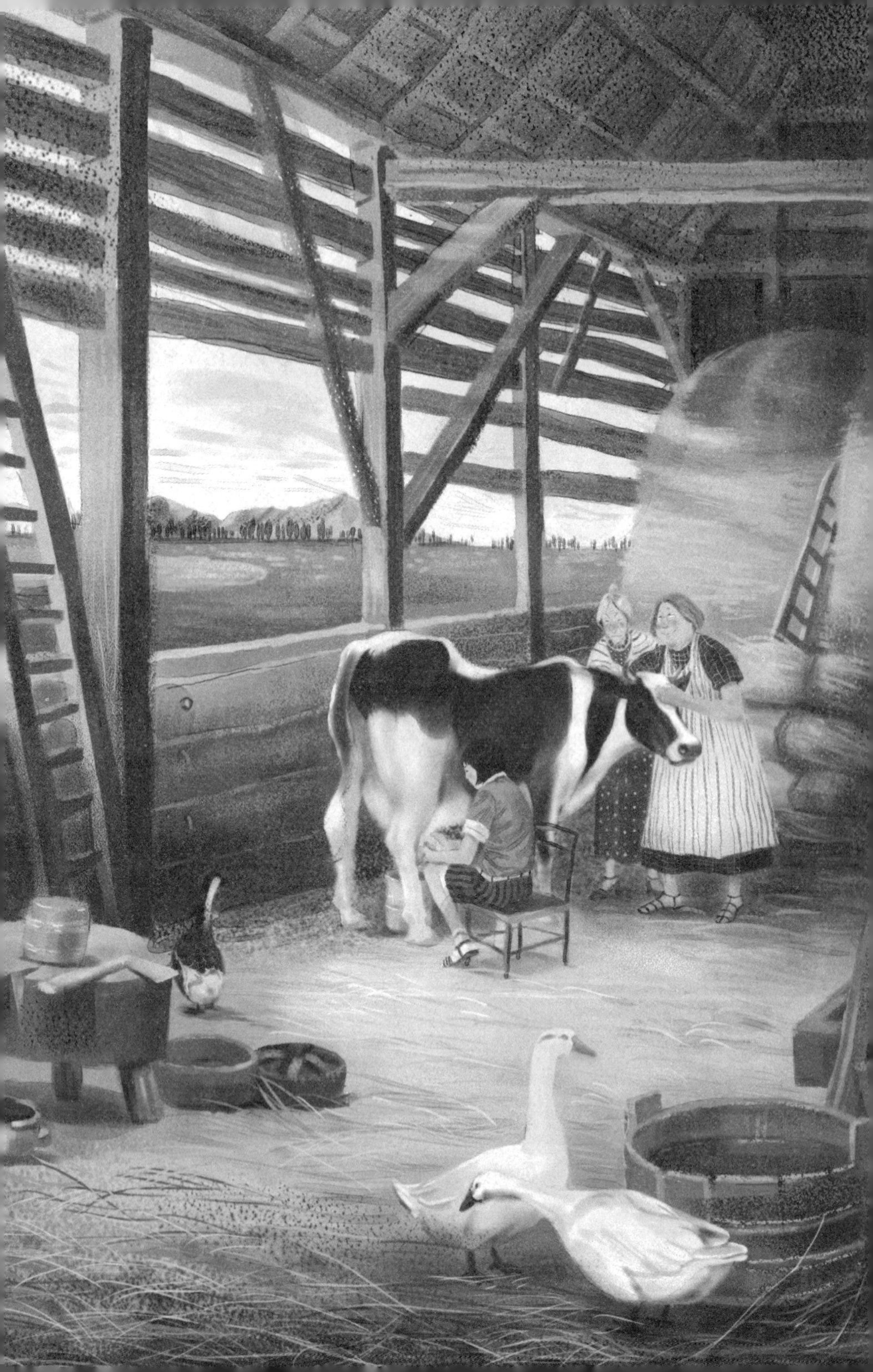

点儿也不觉得饿了。后来大家终于回到餐桌上,她几乎是无意识地吃完了晚饭,之后精疲力竭地上床睡觉了。

早上太阳一出来、公鸡刚开始啼叫的时候,瑞琪就醒了。她在门廊里等缇莉,可是缇莉迟迟没有出现。于是瑞琪径自到谷仓去给母牛挤奶,喂食,清理牛栏,然后才回到屋里。

瑞琪进屋的时候,潘潘正要撤掉昨晚铺在餐桌上的桌布。昨晚她们把奶油酱烩鸡塞进肚子的时候,缇莉打翻了一杯雪利酒,可那时谁也没力气收拾,只能丢下一桌子狼藉上楼去睡觉。

"这是我们的母亲留下来的。"潘潘说着,让瑞琪帮忙收拾那块铺在三米长的餐桌上的大桌布,"她有两块精美的桌布,这是其中一块;还有一块褐红色的,她用来自杀了。"

"你的意思是……"

"她不想弄得脏兮兮、乱七八糟的。"潘潘匆匆走开,又端了一锅粥回来,"不过最后她还是弄得乱七八糟的,她没料到它居然会跳起来。"

"什么会跳起来?"瑞琪问。

"她的头。你要不要去游泳?"

瑞琪惊得张了张嘴,可又实在想不出要说什么,只好上楼去换泳衣。这时她突然担忧起来,这担忧总算赶走了她脑海中那些蹦蹦跳跳的可怕的脑袋影像———是,她根本不会游泳；二是，穿泳衣会露出那个东西。想到这里，瑞琪在泳衣外面又套了件T恤，打算就这么穿着去游泳。但她又想，如果T恤湿了，那东西还是会被看见，于是又加了一件毛衣。看到她这么穿，她们肯定会觉得很奇怪，但这总比露出那东西要好一些。解决完这个问题之后，她又开始纳闷：不知道那颗脑袋后来蹦到哪里去了？电话铃响的时候，她着实吓了一大跳，活像那电话是从另一个星球打来的似的。

"瑞琪！"潘潘喊道，"又是找你的！"

瑞琪狂奔下楼。

"这是近六个月以来，我们接到的仅有的两通电话！"缇莉坐在椅子上一边慢吞吞地说着，一边慢吞吞地吃早餐，"而这两通电话都是找她的。我告诉过你吧，潘潘，家里住着个青少年，就会是这种情况。我告诉过你，电话铃声是不会停的！"

"是杭莉叶打来的。"潘潘气呼呼地说。

"那个女人——"缇莉正要接着说下去，潘潘猛地把一碗树莓推到她面前，说道："你看，缇莉，都坏掉了。"

"哦，每次不都是这样吗？"缇莉没好气地说，"你老是摘很多回来，又不装罐密封，不坏才怪。唉，不知不觉地，蓝莓季节又快到了。那会儿你就看不到坏掉的蓝莓，是不是？压根儿看不到。你知道那是为什么吗？因为我们都把它们装罐了啊。"

"哦，缇莉，"潘潘说，"今年我可不太有把握。我们真的还弄得来那么多蓝莓吗？要不要请梅朵来帮忙？"

"打从一开始我们就不该找梅朵帮忙。你瞧瞧，现在每次她想跟我们打招呼，我们就得忍受她。你若到处去跟别人接触，就如同打开一罐子虫子。真不知道我们干吗开头就找人帮忙，不能全部自己来。"

"装罐季节期间，每个人都需要帮忙。"潘潘说。

缇莉扮了个鬼脸，继续咀嚼，那些东西包在她嘴里足有十分钟了。对于她那老迈的下颚和剩余功能不多的嘴来说，嚼烂食物已经变得非常困难了。但她常常说，时间就是用来消磨的，而且吃饭是件很快乐的事——前提是她得记得吃饭。

"瑞琪！"杭莉叶在电话里尖声喊道。

瑞琪默默地站在那里对着话筒呼气，刚才她的注意力完全转移到潘潘和缇莉的对话上去了。

"嗨，妈妈。"她说着，心中一惊。

"我看了一下寄东西给你的费用，发现实在太高了，高得离谱。之前潘潘说我应该寄些东西过去，可我现在不想了。"

"她们已经给我买了一些衣服。"瑞琪说。

"什么，连问都不问我一下就买了？她们是希望我付钱的吧？好吧，但她们得寄发票给我才行。她们都给你买了些什么？我希望是些一整年都能穿的衣服。"

35

"几条短裤、T恤和一件泳衣。"

"啊？你不会想去游泳吧？"杭莉叶咆哮道。

"我不去。"瑞琪撒谎道。

"你明知道自己不能穿泳衣，还让她们给你买？"

"可我要是不让买，就得解释原因了啊。"瑞琪轻声说道。

"好吧，但她们可别想把买泳衣的发票寄给我。"杭莉叶说完，立即挂上了电话。

"我妈说，请你们把买衣服的发票寄给她，她会寄支票过来给你们。"瑞琪说。

正吃着早餐的缇莉抬起头来，鼻子里发出一声闷哼："哼，发票！快到海滩边去，瑞琪。"

三人来到屋外耀眼的阳光下，走下陡峭的悬崖小径。

瑞琪跟在缇莉和潘潘的身后踩入水中，只让海水淹到膝盖处。两位老太太已坚定地潜入海里。"我不会游泳。"瑞琪说。

"我可以教你。"缇莉说着，瞧了一眼瑞琪身上的毛衣，"但首先，你得把自己弄湿。"

"我想，我还没准备好学游泳。"瑞琪边说边沿着岸边走。她自己也觉得这话有些牵强。缇莉看起来一副打算质问她的样子。突然，一阵大浪打过来，拍得瑞琪跌了个四脚朝天。这正好给了瑞琪一个借口。她走过去坐在岩石上，看着潘潘和缇莉在齐腰深的海水里游来游去——这是她们唯一因年迈而做的让步。然后她们听见有人在悬崖顶上大声嘶吼着:"嗨——嗨——"

"噢,上帝,是梅朵。"缇莉气喘吁吁地说。她一边踩水,一边眯起眼睛往悬崖顶上看去。

"嗨,梅朵!"潘潘挥手喊道,满脸堆笑。

"嗨,嗨,两位怪怪的曼纽托姐妹。"梅朵喃喃自语着,缓慢而迟疑地走下石头小径。

缇莉摆出一脸慷慨就义的表情慢慢走上岸。她抓起一条干毛巾擦干身体,再把耳朵里的水甩掉。潘潘上来之后舒舒服服地坐在阳光中曝晒,活像一头又老又胖、浑身皱巴巴的海象。

"瑞琪,这位是梅朵·特劳特夫人。上次你在酒馆见过的那位伯尔先生,就是她的丈夫。梅朵,这是我们从佛罗里达州来的亲戚,瑞琪·克拉克。"

"哦,我还在奇怪呢,你们两个老太太家里怎么会多了个小女孩。我听伯尔说,不知道怎么你们就弄来了一个。但我告诉自己,那孩子不可能就这么走来的,否则肯定被熊吃了。这该不会就是杭莉叶的女儿吧,缇莉?"

"哦,是啊,梅朵。"缇莉说。

"你妈妈——"梅朵说着转向瑞琪。

"你要不要吃点什么,梅朵?"潘潘打岔道。

"我们还没开始教瑞琪游泳呢。"缇莉说。她才不想让梅朵·特劳特硬生生地闯进来,胡乱地逗威风呢。每年的装罐季节期间她已经忍受她够多了。

"哦,要是你们肯原谅我的愚蠢——"梅朵还要说下去。

"那是当然啦。"潘潘说。

"佛罗里达州不是也有又漂亮又温暖的海水吗?"梅朵问瑞琪。

"对。"瑞琪答道。

"还有可以晒太阳的沙滩?"

"对。"瑞琪说。

"那你怎么不会游泳呢?"

"梅朵,你到底来这里干什么?"缇莉又插进来问道。

"哦,对了,缇莉,我是来送针线活的。"梅朵本想把一篮子什么东西交给缇莉,看见缇莉浑身湿淋淋的,她又改变了主意。接下来她又想交给潘潘,但发现潘潘比缇莉还要湿,于是又缩回了手。最后她把篮子交给了瑞琪。不过,她显然给得不太情愿,但又不想拿着东西再单独走回那一段石头小径。后来她拿起岸边那一堆毛巾和衣服往右边挪了一点儿,说道:"潘潘,我暂时把这些东西挪开一点儿,毛巾铺在岩石上更容易干。"

"我不知道你干吗要送什么针线活来,"缇莉说,"我们早就不做针线活了,已经很多年不缝东西了。"

"是,我知道,缇莉,所以我才拿这些东西过来啊。"梅朵对着瑞琪笑得好开心,似乎在说你姨婆真傻,"这回是镇上所有的人要一起做条大棉被,等到圣诞节的时候拍卖,为义务消防队捐款。你想想,要是有一天你们这里莫名其妙地着了火,消防队员就得赶来救你们。而且我记得有人说过,在义务消防队刚刚成立的时候,你父亲也当过消防队员,是不是,潘潘?你们缝的方块至少要三十厘米见方,什么花样都行。最后所有的方块都要拼接在一起,每个人在自己缝制的方块上签上名字。哈哈,那会是一样很好的纪念品,而且还很实用。"

"我跟你们说,有些人还不只负责缝一个方块呢。我倒也不指望你们姐妹俩会照做。你们住在这么偏僻的森林里,害得大家都快把你们给忘了。可是我对大家说,你们肯定也想参与这样富有历史意义的一桩大事。但除了我,没人会愿意开这么老远的车来你们这里,你们差点就错失这个机会了。我自愿跑这么一趟,还不是因为伯尔的父亲跟你结过婚,缇莉。我想,你是有责任为伯尔的义务消防队出力的。尽管严格说来,他跟你没有亲戚关系,但我想你也很清楚,如果不是因为你,他不会是个私生子,这可是铁板钉钉的事实。"

"噢!老天爷,又来了!"缇莉哀号了一声。

"好了，我还放了一本拼被花样的书在篮子里，万一你们自己想不出花样，可以参考一下。"梅朵继续旁若无人地说道，仿佛刚才缇莉根本没说话，"当然了，即使这些布料和线你们用不完，我也还是要照全价收费的，但剪刀和针就免费借给你们了。"

"你可真好心啊。"缇莉尖酸刻薄地对梅朵说，又转向瑞琪，"瑞琪，快脱掉毛衣和Ｔ恤，下水去学游泳。"

"我真的不想学。"瑞琪吓了一跳，她以为刚才已经成功避开这个话题了。

"胡说，"缇莉说，"你会喜欢游泳的。"

"我觉得不会。"瑞琪低声自言自语地说。她穿着毛衣，缓慢而小心地侧身沉入海水中。

"把衣服脱掉，亲爱的！"潘潘喊道，以为瑞琪忘记脱衣服了。

"我怕冷。"瑞琪说道,虽然阳光正火辣辣地晒在她们身上。

"那孩子有点不对劲。"梅朵漫不经心地跟潘潘聊着，"这种天还怕冷？杭莉叶送她来这儿，不是因为她快死了吧？"

"哦，这我就不知道了……"潘潘说得心不在焉，正在犹豫要不要请梅朵喝杯茶。她有点饿了。

"别傻了，动一动就会暖和的。"缇莉说，"那些湿衣服只会把你缠住，让你游都游不动。"

"我不在乎。"瑞琪说。

"噢,这实在是胡说八道。"梅朵说着走向那个装着针线布料的篮子。瑞琪背对着海岸,根本没看见梅朵拿了什么东西之后就朝她走来了,在一阵又一阵的波浪声中,她也没听到梅朵的声音。瑞琪满脑子想的都是缇莉别逼她脱掉毛衣。除了她母亲和一些医务人员外,至今还没有外人见过那东西。此刻她完全没有察觉梅朵已来到她的身后。梅朵拿着大剪刀,飞快地在瑞琪的毛衣和T恤上咔嚓咔嚓剪了六下,剪出了一条长长的口子,然后再抓住两侧狠狠一扯,就把瑞琪的衣服给撕了下来。于是瑞琪站在那里,身上只剩下游泳衣。

"哟,我的上帝,这孩子的肩胛骨上长了个什么东西啊?"梅朵脱口而出。

3

梦境的走廊

"我的天啊,梅朵·特劳特!"缇莉喊道,"你居然就这样毁了一件一块九毛八的T恤!更别说这孩子在这儿就只有这么一件毛衣!该死的梅朵!"

"别再胡说八道了,缇莉·曼纽托。刚才你就不该让这个孩子跟你顶嘴。学游泳还不肯脱衣服,这是哪门子的道理!我只是想让你看看这种事该怎么处理罢了。我自己生了十二个孩子,在这方面还是有点经验的。"

"你不觉得可以做得更委婉一些吗,亲爱的?"潘潘对梅朵说道,她有些紧张,两只手绞在一起拧来拧去。她最不喜欢看到缇莉被惹怒了，要知道，缇莉是很有脾气的。

"我告诉你们，这种事只要开了个头，那就等于闸门大开，会继续开得很大很大。总有一天这孩子会成为青少年，到时你们又在哪里呢？"梅朵继续说着。

"你说总有一天是什么意思？她现在已经是个青少年了。"缇莉说道。

梅朵把瑞琪从头到脚打量了一遍，说："哟，我还真没看出来呢，我以为她顶多也就十岁。她没事吧？我是说，除了她肩胛骨上的那个东西以外。"

瑞琪蹲坐在海水中。

"说真的，梅朵，请你马上回家好吗？"缇莉不客气地说道，然后转向瑞琪，"至少你已经泡在水里了，瑞琪。"她领着瑞琪走向更深的地方，直到海水淹到脖子处。缇莉背对着梅朵，仿佛什么事也没发生似的，开始教瑞琪在水中踢腿。

"你们要是把那孩子当公主似的伺候，将来一定会有麻烦的。"梅朵大声喊道。

"哦，本来我还想请你喝杯茶，但也许改天会比较好了。"潘潘东走走，西晃晃，想护送梅朵走上石头小径。以往她和缇莉来海滩的时候，从来不会丢下另一个人单独行动，不过这会儿还有瑞琪在。

"你们这么带那个女孩，会有麻烦的。"梅朵又跟潘潘说了一遍，因为缇莉根本不搭理她。

"哦，我想不会的……她就待一个夏天。"

"够久了，相信我。好吧，你们一定要帮忙缝被子啊。"

"是，梅朵。"

"好好保管我的剪刀。"

"是，梅朵。"

"那可是用真正的镍做的。"

"真的？"

"镍是用来做合金的，你知道的。"

"我不知道你在说什么。"潘潘愉快地说，"请代我们向伯尔问好。"

"嗯哼。"梅朵说着慢慢地爬上小路，潘潘就跟在她身后几米远。走到一半的时候，梅朵往后摔了一跤，跌坐在一块又尖又利的石头上，那样子就像是铅笔头上的一截橡皮擦。瑞琪看见梅朵扭动着身子想站起来，而潘潘则拼命忍着笑，站在一旁等着。梅朵爬起来之后，又一路笨拙而迟缓地走上山坡。走到停车的地方时，她看了一眼花园里的日晷，又说话了："潘潘·曼纽托，我要是你，我就会把那个老日晷往右移几厘米，否则那棵大树只要再长高三十厘米，它的影子就会打在那上面。只要往右移个几厘米应该就行了。"她点点头表示很满意自己的想法，这才钻进车子里。开车的时候，她的头左探右探的,看看周围有没有熊出没。

缇莉的游泳课已经上完。瑞琪说不准缇莉究竟是不想理会那东西,还是不想去注意它,反正她根本没提过,她的眼光也不曾停留在那上面。上岸之后,瑞琪试图把被撕成两半的毛衣和T恤套在身上,可它们还是会在背后分开。把梅朵送走后,潘潘就回到海滩继续晒太阳了。这会儿她们全都攀上小径,一起回屋。

"那个梅朵·特劳特,真是要把我气死。"缇莉一路不停地抱怨着,"我气得都快说不出话了。她就这样毁了一件好端端的毛衣!我要吃午饭,潘潘,我要好好吃一顿丰盛的午饭。煮点儿辣味牛肉末炖菜豆吧?"

"嗯,我们可以煮点儿蚌壳肉奶油浓汤,把今天早上的奶油用掉。瑞琪一早起来给奶牛挤奶了。"

"好吧,蚌壳肉奶油浓汤或者辣味牛肉末炖菜豆,对我来说都一样。"缇莉说道,"该死的女人!"她上楼时一路都在喋喋不休地骂着:"该死的、该死的女人!"

不过那顿午饭一直也没能吃到嘴里。潘潘把浓汤煮好了,就等着缇莉下楼来吃饭。谁知道缇莉本来是上楼换衣服的,但上楼之后她就马上忘记要做什么了,还干脆躺了下来。一早游泳的疲倦突然袭来,导致她睡了一整个下午。缇莉曾说,睡眠对于老人家来说,就好比一个过渡阶段,好比生与死的中转站。你需要的食物会越来越少，在梦境的走廊里徘徊的时间却越来越长了。偶尔她会在梦里碰见母亲，还有其他人。时间似乎失去了意义，过去、现在和将来莫名其妙地混在一起，以至于有时你无法清楚地知道什么人在什么时候曾和你在一起。但反正先后次序什么的也没那么重要了。在你把事情的先后搞清楚之前，过去、现在与未来的一切仿佛都在同时发生。你跟未来借时间，穿过活人与死人集会的走道，试着想明白过去你究竟错过了什么。

像平常的每个下午一样，潘潘又来到"厨房花园"里干活。在那里，她所有的注意力都被野草占据，完全忘记了吃午饭这回事。瑞琪也坐到屋外的凳子上，让太阳晒干头发。她静静地看着潘潘摘掉枯死的花苞，修剪花草，还做了很多她并不了解的园艺工作。缇莉和潘潘管这个园子叫做"我们的厨房花园"，不过它其实只属于潘潘。潘潘非常热爱园艺。她和缇莉很依赖园里种出来的蔬菜，但即使不靠这些蔬菜生活，潘潘也仍旧会天天在园里干活。她会倾听蜜蜂的嗡嗡声，看着花草蔬果慢慢成长。潘潘说，活的东西全都已经达到了处于临界状态的质量。所谓临界状态的质量，也就是维持一次连锁反应所需的核裂变材料的量。她会把一些野草丢在堆肥上，说人们总是不喜欢看见花园里的东西腐烂，可是有腐烂才会有生长。她一而再、再而三地告诉瑞琪这一点。而如果

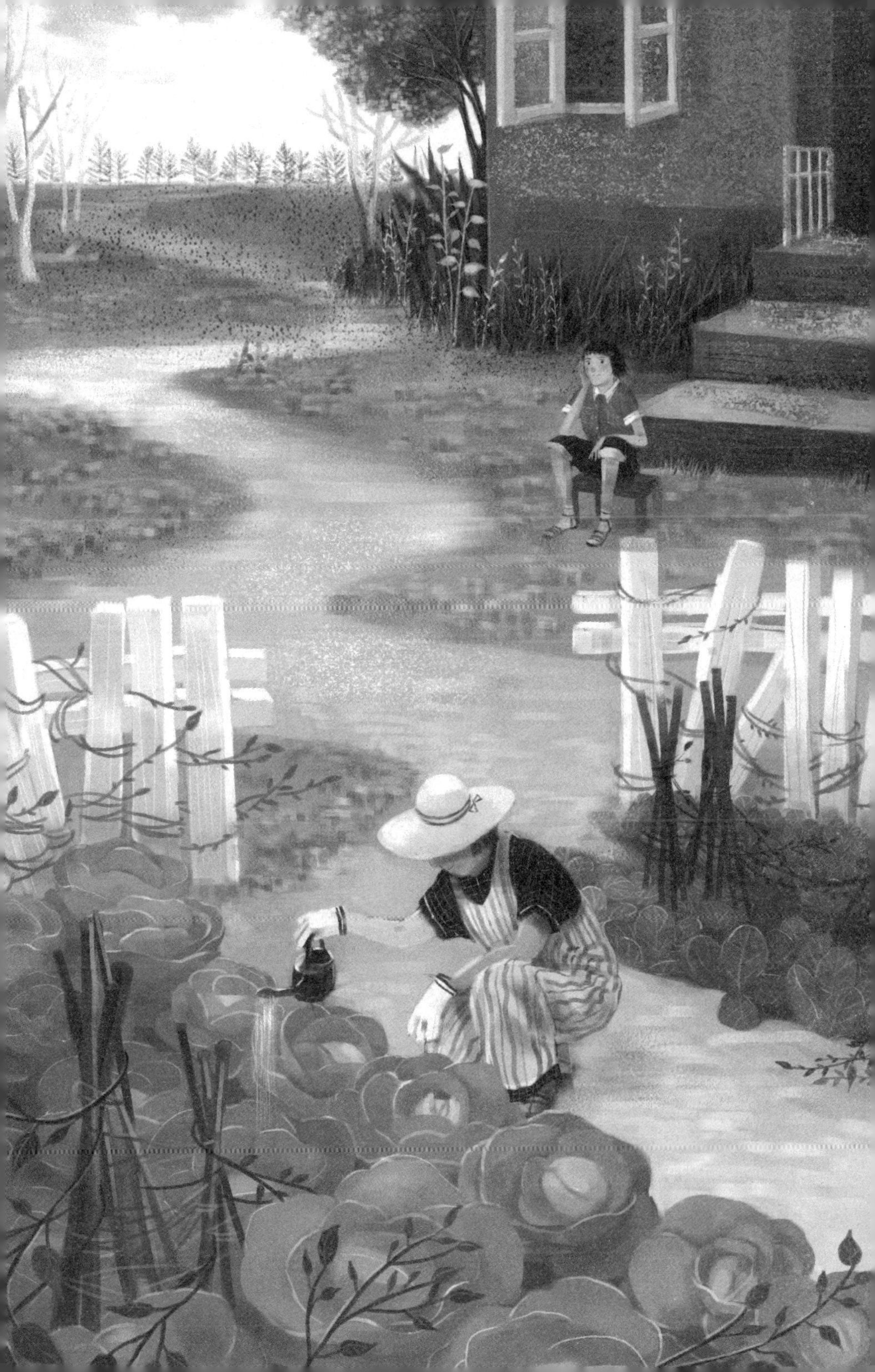

有人不断地跟你说起某一件事，那真是不太容易忘记。

直到吃晚饭的时候，缇莉才终于晃晃悠悠地走下楼，大家总算喝上了蚌壳肉奶油浓汤。

她们坐在餐桌前的时候，大厅里笨重的老爷钟整整敲了七下。缇莉穿着家居服、拖鞋和尼龙丝袜。隔着丝袜，瑞琪看见她的腿上有好几块淤青。缇莉瞧见了瑞琪目瞪口呆的模样，便说道："都是被你踢的。你学踢腿动作的时候，在水里使劲地踢我。"

瑞琪不由得一手捂住了嘴。她不是故意的，她只是想尽可能地把腿放低，不让肩膀露出水面。

"哦，没事。到了我这把年纪，身上的肉就好比腐烂的水果，总会莫名其妙地这里青一块，那里紫一块。我什么感觉也没有，真像是这具肉体已经死了。只是，我身体里这个还在嗡嗡叫的东西在支撑着我。晚饭咱们吃什么？"缇莉问道。

潘潘端着一大盆奶油浓汤出来，桌上已经摆了一篮子脆饼干。瑞琪决定吃到撑为止，免得下一顿又没有着落。自从她来到这里，她们就总是有一顿没一顿的。正喝着第四碗浓汤的时候，瑞琪突然抬起头来对缇莉说："我不知道你还结过婚。"这话是忽然出现在她脑海里的，而在她饿得太狠又一下子吃得太饱之后，她的脑子已变得笨笨的，这话根本连想都没想就脱口而出了。说完了她才感到尴尬，觉得自己像在刺探缇莉的隐私。

潘潘对她微笑道:"这不是秘密。"

"那是一段非常短暂的婚姻,但重要的是,我非常满意。"缇莉说,"不过,无论如何我也不想再来一次了。潘潘,把奶酪端上来。十六岁那年,父亲给我们安排了一次豪华旅行,我就在那时养成了吃奶酪的习惯。我们去的是欧洲,旅行了一年。那时的有钱人家都喜欢这样,期盼通过豪华旅行来让自己的孩子变得聪明时髦,装扮出一点欧洲大陆的气质。旅行回来后,我就学会了用奶酪当甜点,代替我们家厨子做的派饼啊蛋糕什么的。你爱吃奶酪吗,瑞琪?潘潘,把奶酪端过来。我得让腿歇一歇。"

"我不知道自己爱不爱吃奶酪。很抱歉,我把你踢得满腿淤青。"瑞琪说,她老忍不住去想缇莉又青又紫的双腿。

"哦,没关系。"缇莉说,"我已经吃得饱饱的了,一切都不一样了。再没有什么比得上美食了,是吧,瑞琪?"

瑞琪完全同意。她也很希望缇莉记得这一顿有多么不同,也许缇莉以后就都会记得按时吃饭,不再有一顿没一顿的了。潘潘离开餐厅去煮咖啡,回来时端来了奶酪。缇莉把奶酪切成了小小的方块,好吃得久一点。在对待奶酪上,缇莉还是有点吝啬的,她给自己的分量要大得多,给潘潘和瑞琪的则是小小的几块,只够塞牙缝罢了。

"好了，我们刚才说到哪儿了？哦，对了。"缇莉把一些干酪放在舌头上滚来滚去，"吃这种干酪应该配一杯上好的波尔多红酒。潘潘，请把红酒拿出来，给我倒上一小杯。"

潘潘走到桃花心木酒柜前，先缓缓地弯下腰，再用一把小小的银色钥匙打开柜子。这把钥匙多年来她们一直用着。现在虽然早已没有仆人会偷喝红酒了，可是潘潘自从八岁头一次获准开酒柜以来，就最爱用这把钥匙，现在她随时可以开柜子，钥匙就更是随身携带了。"缇莉，咱们没有红酒了。"

"没有红酒了？"缇莉惊讶地问。

潘潘露出一张苦瓜脸，弓着身子举起空空的酒瓶给缇莉看。

"哦，那就喝朗姆酒吧。"缇莉说，"那一切都开始于——"

"缇莉，亲爱的，我真不想打断你的话，但我们也没有朗姆酒了。"

"我们到底还有什么呢，潘潘？"缇莉边问边把两只手平放在餐桌上，撑起半个身子往酒柜望去，"去镇上之前，你应该留意一下咱们还有多少酒啊。"

"哦，我看看，我们还有一些看起来很恶心的爱尔兰奶油酒和一点点橘香酒。"

"那就喝橘香酒吧，我改吃另一种软干酪。好吧，我们从欧洲旅行回来时，我刚刚十七岁——谢谢你，潘潘。"缇莉说，潘潘刚刚在她面前摆了一只酒杯。

"这些酒杯是手工制作的,就是我们在那次旅行时在威尼斯买的。"潘潘对瑞琪说,"好看吧?"

"很好看。"瑞琪说。

"哦,好吧。"缇莉接着说道,"旅行回来后,我每天都在这栋大宅子附近闲逛。那时候这房子跟现在也没有太大区别,只是四周的土地要漂亮一些,母亲的花园也维护得很好。你知道,当时我们家还有园丁。其实一切都很不错。但我没什么事做啊,天天只能靠游泳和晒太阳来打发日子。刚刚经过刺激的欧洲旅行,回家过了两个星期这样的生活,我就无聊得发起傻来。"

"我不觉得无聊,"潘潘微笑着说道,"那时我刚刚发现简·奥斯汀[1]的书,整个夏天都躺在吊床上读她的作品。在她之后我读的是普鲁斯特[2]的书,就不那么喜欢了。不过,阅读不只是为了好玩。"

"是啊,是啊。"缇莉说道,"大家都以为双胞胎应该很像,但我和潘潘的性格就像粉笔和奶酪一样,完全不同。我记得那时她整天窝在吊床上,对我的婚礼压根就没帮上忙。那年夏天以前,每周我们都会跟厨子一块儿去镇上买日常用品。父亲不太会关注我们做了些什么,我们俩向来都是由不同的

---

[1] 简·奥斯汀(1775—1817):英国女作家,代表作为《傲慢与偏见》。
[2] 普鲁斯特(1871—1922):20世纪最伟大的法国作家,代表作为《追忆似水年华》。

仆人照料。母亲过世那天，厨子带我们到镇上去买葬礼用的食物。她去买东西的时候，就把我们留在酒馆里。那之后我们就老上酒馆。每次厨子去采购、给车子加油或跟朋友闲聊时，我和潘潘就泡在酒馆里。从欧洲旅行回来后，我还习惯跟厨子一起去镇上，可是潘潘却发现了普鲁斯特。她总是在读书、读书，后来就索性不跟我一起去了。"

"普鲁斯特是非常令人沉迷的。"潘潘说道。

"总之我就开始单独上酒馆了。可是有一天，我和厨子回来时被父亲看见了。我当时喝得有点晕晕乎乎，把父亲气得不行，他脸色都青了。他生气地数落我，说什么我已经是个见过世面的年轻小姐了——对一个住在森林里的人来说，欧洲豪华之旅真是最了不得的世面了——他希望我们待在家里，哪里也不要去。我和潘潘，我们俩都一样。这下我有些明白母亲为什么要把自己的头砍掉了。于是我上楼去找潘潘，她当然又在读书。我跟她说：'我们得马上离开这里，否则就太迟了。那个人想把我们活埋了。'

"潘潘说：'谁？父亲？'她说话时的样子，就好像她脑子里一片空白似的。"

"其实我只是完全沉浸到书里去了。"潘潘解释道，"而且我的性格真不像缇莉。经过欧洲旅行那一趟折腾后，我很高兴能待在家里安安静静地读书，在花园里磨磨蹭蹭。父亲发的几顿小脾气,我压根儿就没放在心上。"

缇莉继续说着:"'是,当然是父亲啦!他打算把我们活埋在这里!'我说。

"潘潘盯着书本,眼皮都不抬一下地说:'我知道啊,就埋在母亲墓地旁边的两小块地里嘛。'

"'什么?'我大吼了一声。我刚才说活埋,当然只是打个比方,可潘潘居然这么说。来不及听她接下来还要说什么,我就拔腿冲到家里的墓园去了。母亲墓地的右边真有两块墓碑是给我和潘潘留的,左边有一块是父亲为自己立的。'噢,真是的,这回他实在是太过分了。'我又惊又气又急地喃喃自语着。父亲就这样决定别人死后埋在哪里,实在是有点霸道了。他怎么不问问我有没有别的想法呢?说不定我想在死之前绕地球旅行半圈呢?我气极了,气得像只大黄蜂,都快不能呼吸了。正好在那时候,酒馆里的伙计告诉我,香草莉拉要结婚了。"

The Canning Season

4
香草莉拉

　　潘潘与瑞琪坐在位子上,满心期盼地望着缇莉头发稀疏的头顶。缇莉刚把酒杯推开,把额头贴上餐桌的桌面,似乎想要歇一会儿——至少潘潘和瑞琪是这么想的。可是过了好一阵子,缇莉的鼾声清楚明白地告诉她们,她已经像一盏灯似的熄火了。她们只好轻轻地把缇莉摇醒,搀扶她上床,然后也各自睡觉去了。瑞琪心里特别好奇,那个香草莉拉到底是什么人呢?

　　第二天一早挤完牛奶后,瑞琪发现缇莉正坐在餐桌前吃着发霉的树莓,而且准备接着讲述昨天的故事,仿佛时间从未中断过。

"香草莉拉是一个伐木工人的女儿,真名叫莉拉,可大家都管她叫香草莉拉,可能是因为她的皮肤就像牛奶一样白净吧。整个夏天她都用脱脂牛奶漂白皮肤,身上老有一股淡淡的馊味。我起初以为谁要是闻到莉拉的味道,都不会想跟她亲近。可后来我才发现,所有的男孩都在追求莉拉。最后她还没嫁人呢,肚子就大了。这件丑事本来只有莉拉的父亲知道——她的母亲也死了,跟我们家一样。

"问题是,莉拉不知道谁才是这个孩子的父亲。莉拉爸爸其实也不太在乎,他在乎的是把莉拉嫁给谁。他让莉拉列出了一份可能人选的名单,打算从中选出最出类拔萃的那个,把他和莉拉送上红地毯。他挑中的是一位银行家的儿子,认为那个人最有前途。于是他就冲到那人家里,说如果对方不给莉拉应得的名分,就可能会发生什么样的事。这么一来,事情当然就搞定了……其实这事我也不该有什么意见。不过那位银行家的儿子也不算什么金龟婿,是不是啊,潘潘?"

"反正我是不会选他的。"潘潘答道。她端了碗燕麦片过来,又在树莓里挑挑拣拣,想挑出几颗好的。

"在我们这一带,因为森林里需要很多伐木工人,导致男人的人数至少比女人多出了两倍。对于这些男人来说,找对象向来都是个问题。能娶到莉拉,那位银行家的儿子也很高兴了。尽管莉拉一身馊牛奶味儿,但她的皮肤确实漂亮得没话说,整个人看起来也很舒服。再说了,眼下还有人正用草耙戳着你的肚子,你不如想办法迁就一番就是了——那草耙是莉拉爸爸挑选的武器。这事我一直很奇怪,他明明有两把猎枪,怎么偏挑了把草耙!

"反正呢,莉拉爸爸达到目的了。他跑回家告诉莉拉,说问题解决了,他们第二天就可以到法院去把这事做个了结。

"'可是,爸——爸——爸呀,'莉拉发嗲地大声哭叫道,'我想要一场真正的婚礼呀。我要穿上真正的婚纱,戴上真正的戒指,要有一场真正的订婚仪式,还要有……'光是想到这些,她的心情便足以平静下来了,于是她跑到卧室里拿出一张清单:'还要有教堂、花朵、接待会、伴娘、礼服、印了名字和图案的请帖、婚前的礼物赠送会、蜜月……'

"莉拉爸爸愁得来回踱步,他试着跟女儿解释,说以她目前微妙的身体状况,办这么铺张的婚礼恐怕不太得体。但莉拉才不在乎。她哭了又哭,终于使出了所有的招数,还硬是把死去的妈妈也给拖了出来。过去她一直很小心,从不轻易使用这一招,为的就是这样的时刻。她说,如果妈妈还活着,肯定会给女儿办一场风风光光的婚礼。妈妈就会理解她,换成妈妈自己,也会想要这样的婚礼!

"这招奏效了。莉拉妈妈是在莉拉六岁那年去世的。自那以后,莉拉爸爸的致命弱点就是害怕自己没有能力独自抚养女儿长大。果然,她这会儿不就怀孕了?至于他说对办婚礼的事一点儿头绪也没有,这倒也是真话。他本来就迷迷糊糊的,经过莉拉这么一闹,就更被吓了个半死。他抬起眉毛说:'好了,我是没说要给你办婚礼,不过也没说就不给你办了呀。如果你确实想办——你刚才说需要什么来着?'

"莉拉便继续念她的清单。她还需要一辆带司机的豪华婚车,要在报纸上登通告,还不只是当地的报纸……

"莉拉爸爸听得晕头转向,再也听不下去,只好告饶:'好吧,好,好,好,可是你得抓紧点儿,莉拉,你得赶在……赶在你的肚子能看出来之前就得办。我可不允许你让我们家蒙羞。'

"'好吧,'莉拉说着高高举起双手,'那订婚仪式就免了吧。'

"她咬着指节说,即使订婚仪式不办了,他们还是得加把劲,在接下来的两个星期内弄齐订婚所需的所有东西。她是这么盘算的:不一定非要订婚,才能弄来那些订婚要用的东西。'现在快给我出去!'她呵斥道,已经彻底从几分钟前的煎熬中恢复过来了。她要好好计划一下,计划!

"接下来她可忙了。她到镇上去买东西、印请帖、改礼服、订蛋糕……时间太紧,莉拉只能将就着选现货了,虽然这样价钱也会便宜一些。莉拉爸爸还琢磨着,看她好像不曾花过

57

一丁点儿时间,悄悄悔恨一下这事可能不太得体——莉拉才不会悔恨,她正忙着张罗礼服料子和装饰糕点的原料呢。

"'天知道那些事她都是从哪儿学来的。'一天晚上,莉拉爸爸坐在酒馆里这么说着,一边拭去眉毛上的汗水。他刚跟莉拉又忙完了一件差事,好不容易才脱身。'我一点儿也不懂那些事,'他继续对着酒吧里任何愿意听他倾诉的人哀伤地说着,'可是我听着就觉得可疑——要我们送礼物给来参加婚礼的人?应该反过来才对吧。是我们在款待他们,不是吗?我怎么知道这一切不是莉拉编出来的?帐篷、排练和袜带!送给伴娘的礼物!这礼物就没完没了吗?每天都有新的花样。今天晚上是虾仁若莫拉,'他继续绝望地说,'我请问你,谁听说过这玩意儿啊?我连这道菜名都不太会念。我只求上帝能让我雇个人听她说话,我是再也听不下去了。'

"他的祈祷还真应验了!一个很有进取心的、名叫薛玛的年轻女服务员,这会儿就从吧台后面走了出来。她把手里抹布一丢,说道:'克莱德,这事就交给我吧!我来告诉你那些大城市的时髦小姐都是怎么办婚礼的吧,我在《淑女之家》杂志上读到过。她们有包办婚礼的专业策划人,会专门到家里来策划整个婚礼,收取费用。像你这样的女方家属,到时只需要穿得美美的出现在婚礼现场就行了。这样吧,接下来的两个星期,我帮你张罗一切,你只要付给我不在这里干活

所损失的工资和小费就行了。'

"'就你了,'莉拉爸爸说道,'希望你的耳朵经得起折腾。来,再给我来杯啤酒。'

"莉拉的婚礼,是整个丁克镇自从第一名伐木工人运走满卡车的木材以来最大的盛会。它扫光了克莱德银行账户里的钱,也把他不知如何抚养女儿长大那所剩不多的内疚,以及在这过程中不知不觉犯下的什么错误,总之,把他对女儿的所有罪恶感全扫得干干净净。那场婚礼也是丁克镇的女人多年以来最大的娱乐,大家就像苍蝇碰上蜂蜜似的死黏住不放。虽说镇上的女孩子都知道莉拉为什么如此着急地要投入美满的婚姻生活,因为她从来都无法闭上自己的嘴,但大家仍然嫉妒得不得了。"

故事讲到这里,潘潘站起来又给自己添了一碗燕麦片。她在厨房门口大声地说道:"这件事情发生的时候,缇莉正频繁地跟厨子进城,想方设法让生活变得不那么枯燥乏味。"

"是的,是的,我就快说到那里了,潘潘。我说起莉拉的故事,只是想交代事情的来龙去脉。"缇莉说道。

"啊,好吧。"潘潘说着端进来满满的一碗奶油。缇莉悄声告诉瑞琪,潘潘吃燕麦片主要是为了借机吃奶油。

"哎,就是这样啦,瑞琪。"缇莉继续讲道,"当酒馆的伙计告诉我有关莉拉的最新消息时,我突然想到,要是我也来折腾一场婚礼,哇,那至少可以玩上一两年呐。然后等我喝到第六杯还是第七杯的时候,伯尔走了进来。我张口就说:'伯尔,跟我结婚吧。'他对我说:'好啊,不过我先喝杯啤酒再说。'"

瑞琪听得有些迷糊,不由瞪大了眼睛,实在忍不住要在这个节骨眼上打断故事。"你是说,我们那天在酒馆里碰到的那个人——伯尔——是你的丈夫?"

"不是,不是,"缇莉说,"那是伯尔的儿子小伯尔。我嫁的那个伯尔早就翘辫子了。"

"梅朵·特劳特是小伯尔的妻子。"潘潘在一旁帮忙解释。

"最后,女服务员薛玛成了老伯尔的第二任妻子——可以这么说啦——不过,那要到后面的故事里才会讲到。薛玛也早已离开人世了。"说到这里,缇莉的两只手掌突然砰的一声拍在桌面上,"天哪,潘潘!我故事里的那些角色都死了,连他们的孩子也都很老很老了——小伯尔已经六十岁左右了,你能想象吗?还有小梅朵。我们叫她小梅朵都多久啦?自从我把她想成不只是你涂在显微镜载片上的那类东西,也已经好久了。"

"继续说婚礼的事吧。"潘潘提醒道。

缇莉一边吃着燕麦片,一边喝了好几杯橘香酒。那个酒杯虽小,但一杯杯灌下去,量也不小了。她的视线渐渐地失去焦点。"婚礼？哎，潘潘，那岂不是最浪漫的事吗？那岂不是好美吗？"

"当然是。"潘潘说。

"直到念婚姻誓词的时候都还很美。"缇莉说着身子一瘫，倒在椅子上，她的脑袋往后一垂，仿佛脖子是橡皮做的，"吁，那可真是非常幸运——我指的是誓词。在酒馆里，伯尔和我决定结婚，回家后我就把这消息告诉了父亲。父亲的反应还不错，不过他说不希望婚礼太铺张、太花哨，说铺张的婚礼太低级。只有暴发户为了炫耀世俗的财富，才会想大办婚礼，而且他们是把女人当成货物，贬低了她们的价值。况且，当年的股票市场有点疲软，我们也办不起太奢华的婚礼。为什么不办一场小小的私人婚礼，然后把钱花在漂洋过海去度蜜月上呢？不过我们也去不起欧洲。

"'哦，那我们要漂洋过海去哪儿呢？'我讥讽地问他，'去绿地吗？'然后我也变得像香草莉拉一样，气呼呼地四处冲来冲去。不过，我当然没哭，我是从来不会哭的。我无法相信父亲竟然不了解，这桩婚事的重点在于花上两年时间来仔细筹划一切。还有，如果我们打算操办，那肯定得办得超过香草莉拉的婚礼啊。'你不会希望我用朽坏的老东西和折叠椅，还有像香草莉拉请的那样的手风琴乐团吧？'

"父亲一副被吓坏了的样子，虽然他根本不知道香草莉

61

拉是谁，但'手风琴乐团'这几个字触动了他心中的恐惧。他问我要用多长的时间来准备这场婚礼，我说，哦，两三年吧。他这才如释重负地长舒了一口气，心想到时他的经济状况应该已经好转了。

"于是我便开始一趟趟地往附近这几个镇子上跑，找承办酒席的人以及香槟什么的。薛玛又提议要当我的婚礼总策划，但我说不必了，因为整桩婚事的重点就是由我来筹划。这让她心里很不是滋味，她便到处跟人说我打算请大家喝啤酒、吃甜甜圈。

"我尽可能地把潘潘的鼻子从书本前拉开，带她去试穿伴娘礼服。潘潘肯定是我唯一的伴娘。我们的家庭教师葛小姐说，大家似乎并不认为我的婚礼场面会很盛大。不过她说这话可能是因为有点不高兴，是在怨我连她都不打算邀请。可她老早就不是我们的家教了，我实在不懂父亲干吗还留她在家里。或许他已经忘了她的工作到底是什么了吧。他只是习惯了她那张脸，所以才有点漫不经心地继续付给她工资。偶尔她还会想办法硬塞几个拉丁文单词到我们嘴里。"

"可是全卡在喉咙里了。"潘潘说。

"我们有一场婚礼要筹备啊，哪还能专心学什么拉丁文！"

"我还有普鲁斯特要读。"潘潘说。

"总而言之，两年时间快结束的时候，我已经没什么事情好筹划,也没什么东西好买了,剩下的唯一一件事就是挑选婚礼现场要念的誓词。这事确实有点麻烦,因为我们并不属于任何教会。吃晚饭前父亲也会谢恩祷告,可那就像他糊里糊涂地继续付给葛小姐工资一样,他并不清楚自己干吗要那么做。伯尔家也不上教堂。我们都不隶属任何教会,没有什么非用不可的誓词。那我想,我们就各选各的誓词好了。伯尔说不知道上哪儿去找誓词,我就告诉他自己编几句。但我没料到的是,他居然跑去伐木公司,找为工人讲道的那个家伙来帮忙。伐木公司可请不起全职牧师,他们找来的竟是个坐过牢的人。那人为了解决三餐温饱而给工人们讲些激励人心的话,那些话都来自他在牢里不得不参加的自信课程——如果不参加,他就不被允许假释。不过当时我并不知道这些,我正忙着钻研自己的誓词呢。

"我翻遍了父亲图书室里的祈祷书刊,惊讶地发现居然有那么多文学作品可以用来当婚礼誓词。我花了很多时间一段段研究,尽管很多都很有意思,但我却觉得都不太合适。就在那时,我偶然发现了艾米莉·狄金森[①]的几句诗。这让我想起了母亲和父亲的婚姻,又想到不管母亲愿不愿意,有一天父亲也将躺在她身旁的墓地里。那几句诗似乎正是我想要的誓词。"

---

① 艾米莉·狄金森(1830—1886):美国传奇诗人。

瑞琪正好在这时候看了一眼潘潘，见她低头望着自己的大腿，好像很哀伤。瑞琪很希望缇莉会把诗句朗诵一遍，可是缇莉又继续说了下去。

"我们终于等到了那个大日子。父亲的股票投资也在那时得到了回报，让我拥有了自己想要的一切——婚前礼物赠送会、派对、订婚舞会、晚餐、午餐、礼物还有戒指。所有我要的小蛋糕、小糕饼和小点心，厨子都帮我做得漂漂亮亮的。我也找到了适合的音乐。我甚至还跟伯尔一起待了两个晚上，想要认识他。婚礼终于要举行了，我们的草坪上摆着租来的椅子，我即将和伯尔走上椅子中间留出来的走道。当我念着精心挑选出来的诗句时，周遭的森林寂然无声。念完我转向伯尔，他是这么说的：'我许诺我将倾听你的梦，即使我无法一一与你分享……'我心里咯噔一下。'我许诺我将永远尊重你做梦的空间，只要你不占去太多空间。'我心想这是什么意思，他以为我会变胖吗？'如果你想请我进房分享你的梦，请留一扇开启的窗，因为我有密室恐惧症。'我听见人们已经在位子上紧张地扭来扭去。'当你进入我的梦时，请记得轻手轻脚，因为我们所有的梦都容易破碎。等你离开的时候，也请别用力地摔门。'

"接着他把戒指套在我的手指上，还想吻我。但我才不肯呢，尤其是刚听过那些笨蛋誓词。我们又走回走道。宾客中间爆出了一股小小的、闷闷的笑声，就像有人撒了一把米在地上。一切就此结束。来到走道尽头的时候，他走他的，我走我的。当然，曾有那么一会儿他想尽办法要跟我走，可是我不断地踢他，后来他终于懂了。我从不耐烦去注销婚姻或者办什么离婚手续，因为这桩婚事已经让我的婚姻需求得到满足了，我也不打算再来一遍。唯一让我懊悔的是，这下我又不知道该干什么了。不过在那之后的一个星期，父亲就解决了我的问题。是不是啊，潘潘？"

"的确是的。"潘潘说。

"他做了什么？"瑞琪好奇地问道。

"他死了。"

The Canning Season

5
蓝莓小姐

"现在,"潘潘说着站起来收拾餐具,"我该去花园里除草了,趁着天还不太热。"

瑞琪帮忙收拾餐桌。洗完碗后,她们来到屋外。缇莉躺在吊床上,瑞琪则趴在门廊的栏杆上,看潘潘修剪植物。

"他死了,"潘潘继续说道,"我和缇莉得决定接下来该怎么办。"

"我们做的头一件事,就是辞退所有的仆人。"缇莉说。

"说'释放他们'更加贴切。"潘潘试图纠正。

"'解开他们的枷锁'才更贴切。"缇莉争辩道,"那些仆人拔腿就往四面八方逃窜,希望离玫瑰幽谷越远越好。你都能听见他们小小的脚跑在路上发出的啪嗒啪嗒的声响。最后就剩下潘潘和我待在森林里了,还得照顾这么一栋大宅子。买房子的钱已经付清了,可我们知道还有很多账单要付,而且也不确定父亲留给我们的钱够不够以后的开销。潘潘说,我们得想想这件事。我说在酒馆里我最有可能想出好点子,于是我们就开车去丁克镇。在路上,我们发现了园丁爱德华的尸体。"

"是的,非常悲惨。"潘潘说。

"而且非常恐怖。现在想起来,十几岁的孩子真是极度以自我为中心。哦,瑞琪,我不是在说你。我应该这么说,更确切的说法是,当时我和潘潘都很以自我为中心。我们压根儿就没想到,仆人们在离开大宅的路上就会被熊吃掉。我们还没有机会仔细考虑,他们就全都失踪了,就是那样。无论如何,园丁爱德华碰上了那东西——熊。我们始终没查出其他人都出了什么事。那些仆人中,我们最担心的是厨子。对于熊来说,她可是非常鲜嫩多汁,是不是,潘潘?"

"她胖乎乎的,吃了太多做饼干用的面团。"潘潘说道。

"我们毫不怀疑那些熊早就盯上她了。她以前也会让我们吃几口饼干面团,母亲并不介意。"缇莉说。

"可是母亲死后,父亲就不让我们吃了。"潘潘接着说道,"他给我们讲了一个特别恐怖的故事,说镇上有个小孩老吃饼干面团，结果面团在他的胃里聚积成了一颗球，堵住了肠子的入口。后来那孩子吃进嘴里的东西通通存在胃里，过了两个星期，他的胃越撑越大，直到大得像个大西瓜似的。又过了一个星期，他的肚皮终于爆开了，肚肠全都喷到了河里。"

"我们从来不相信他的话，这就是父亲那些恐怖故事最麻烦的地方。他把故事编得太吓人了，以至于任何头脑正常的人都不会相信。我们都不得不用双手捂住耳朵逃离房间，以免忍不住当着他的面爆笑出来。"

"他总以为我们是在强忍着不哭，还悔恨不已地把巧克力糖放在我们的枕头上。"

"于是我们也就更加坚决，绝不让他看见我们放声大笑。"

"那是我们唯一能吃到巧克力糖的时候。"

话语轮流从潘潘和缇莉的嘴里涌出来，就像同一条河流的两条支流一般。突然她们又都住口了。默默地环视了花园周遭一会儿，潘潘才又继续说起话来：

"总之，找到爱德华以后，我们开车到镇上，请警长跟我们一同查看爱德华的尸体。经过镇上的时候，警长问我有没有驾照。哟，缇莉和我可从来没听说过这种东西。我们都觉得这玩意挺傻的，于是一路上跟警长争论不休。等我们把车子停在爱德华的遗体前时，警长完全忘记了驾照的事。一看到爱德华所剩不多的遗骸，他就似乎把什么事都抛到脑后了。"

"身为警长,面对人类的遗骸时,他还无法真正硬起心肠。是不是啊,潘潘?"

"哦,他当时也才上任不久,你还记得吗?他惊得目瞪口呆,好一会儿才开口说道:'这肯定是熊干的好事。'就在那当儿,一头熊从树林里晃了出来。警长赶紧掏出左轮手枪射击,但没有打中。那头熊吓坏了,拔腿就跑。'该死!'警长大叫道,'说不定就是这头熊干的!查明真相的唯一办法,就是把它射死,再割开它的肚子,看看里面都装了些什么!'紧跟着他又开始朝车窗外的树林里射击,简直都疯狂了。缇莉和我只是默默地盯着他看。因为父亲的缘故,我们早已习惯了男人的怪异与多变。

"'我说,'缇莉提醒道,'即使我们拽着那些熊排队站好,也很难认得出是哪头熊干的吧。它们都长得挺像的。你可能得射死好多头熊,才找得到那头……可我就不知道,到时你会有什么下场了……'

"那警长冷静下来,说道:'曼纽托小姐和曼纽托小姐……'"

"我们一听见这话就放声大笑起来,"缇莉接过话头,继续讲述下面的故事,"他这么称呼我们好滑稽啊。可是他还自顾自地说着:'曼纽托小姐和曼纽托小姐,你们两位打算就这么孤独地住在玫瑰幽谷里吗?住在这么偏僻的森林里?'

"我们点点头,因为那正是我们的计划。于是他就说:'既

然是这样，我奉劝你们一句，请在身边准备两杆耐用的步枪，并且一定要学会射击。'

"'我们会射击。'潘潘说。父亲以前经常带我们到后院练习打靶。

"'你们也说自己会开车来着。'那警长说道，但他很快就改变了话题，似乎很怕我们要他教射击。其实我知道，他已对我们感到厌倦，非常厌倦。'要是你们的父亲还活着，我相信他给你们的忠告也会是我现在要说的。我无缘认识他，也不曾因公务到这一带来过，可是我敢说他会告诉你们，这地方绝不适合像你们两位这样的年轻小姐居住。我也是刚刚搬来。说实在的，我不确定除了伐木工人和大老粗之外，还有什么人适合住在这里。一来这地方太与世隔绝了，二来……'他挖空心思想找另一个理由，'这里到处都是熊！'

"'哦，这一点我们知道。'我耐心地告诉他。

"'你们之前肯定都处在很好的保护之下，可如今再也没有父亲呵护你们了。咱们就拿这位死去的园丁做例子好了。一个好端端的男人就这样被熊撕碎了，这幅景象实在不适合给两位年轻小姐看。今天夜里你们肯定会做噩梦的。真是不幸，两位的父亲才刚刚过世，紧跟着又看见了这样骇人的场面。像两位这样天真无邪的年轻小姐，一定对这种血淋淋的画面非常陌生。'

"嗯,他是个好人,可是打从他一开始说这番话,潘潘和我的嘴巴就不停地抽搐。

"'实际上,警长,'我边说边拼命地憋着笑,'我们的母亲……我们的母亲……'然后我实在憋不住了,爆发出一阵轰然的笑声。潘潘也被我传染了,我们俩笑得瘫软在位子上,不得不停下车子。

"'好了,好了,让我来开。'警长说着把我挤到一旁,自己把住方向盘。他踩紧油门,加速离开有熊出没的森林,还时不时发疯似的向窗外射击。'我到过伐木工人的营区,也去过其他没有路的地方,但还从没见过哪儿像你们这里一样,有这么多的熊。'

"'可能是因为这里有很多蓝莓。'我说着坐直身子,擦干脸上的泪水,'我们这儿到处都是蓝莓。'这话又让我们捧腹大笑起来,笑声好大好久,都快胜过一个乐团了。

"'这没什么好笑的。'警长面容严峻地说,'一位年轻的绅士被熊咬死了,这可不是什么好笑的事。'

"可我们又觉得这话好好笑,直笑得猛敲座位。我和潘潘总是会为了同一件事而发笑。潘潘笑得歇斯底里,一边大喘着气,一边尽可能礼貌地说:'很抱歉,您这话听起来实在是太滑稽了。这可不只是什么年轻绅士被熊咬死了,而是爱德华那园丁,他被……被熊吃了。'说完我们俩又爆发出一

阵狂笑,还不时发出打响鼻的声音,笑得眼泪都流出来了。警长以为我们哭成了那样,说道:'哎,这才像话嘛。'

"我们就这么一路抽抽搭搭地哭到他办公室。我很担心他又要像父亲似的对我们好言相劝,到时恐怕我们还会忍不住笑得前俯后仰。还好那时他已经彻底受够了我们,他只是说:'好了,以后没有驾照就别再开那辆车了。我会派人去处理尸体……剩下的部分。'

"我俩实在又快按捺不住了,这话让我们感觉浑身像被针扎了似的,于是我们飞快地走出他的办公室,嘴里喊着:'别担心,我们不再开了!'说完我们就捂着嘴开车走了,而且硬是等到过了一条街,才轰然笑了出来。我们一路笑了又笑,一直笑到家,途中不得不轮流开车,因为实在笑得太厉害了,额头老是撞到仪表板。

"那是我最后一次让潘潘开车,她在回家的路上老是撞到熊,也不知道是怎么搞的。大多数熊看见车子都会避开,她也并不是故意想撞它们。"

"撞熊我很在行。"潘潘谦虚地说,"那天回家以后,我跟缇莉说:'想象一下,缇莉,这事实在太像爸爸讲的恐怖故事了。''但是今晚的枕头上可不会再有巧克力糖。'缇莉说。"

讲到这里,三人走进屋里去,潘潘准备了一些三明治和柠檬汁。然后她们把东西搬到外面的门廊上,一边吃一边忙着赶蚊子。

"我一直都很想知道,厨子还有其他人到底怎么样了。"潘潘说。

"我敢说,葛小姐肯定是毫发无伤地逃到什么地方去了。"缇莉说。

"不知道啊。"潘潘说,"当时她是从房后走的。据我所知,走那条小路会更加深入蓝莓沼泽。"

"她说自己知道一条近路。"

"嗯,她是知道。"潘潘说着转向瑞琪。

"她是个万事通,"缇莉说道,"就是那种认为自己的头脑没有被充分使用的女人。父亲曾说她的身体没有被充分使用。那时她已经三十岁了,还没有男朋友,而且似乎也没有交男朋友的打算。父亲说那就是她之所以尖酸刻薄的原因,但他认为她也会因此而成为一位好老师。可实际上她糟糕透顶,并不是什么好老师。她唯一关心的就是赚钱,想靠做家教赚的钱办一个养狗场,养一群喜乐蒂犬。她房里有一大本关于喜乐蒂犬的书,晚上她会把书拿到楼下来,坐在壁炉前研读。那是属于她的时间,我们不该去烦她。通常我们也乐意让她一个人待着,除非实在是太无聊了,才会去招惹她。她总是说:'我简直等不及存够钱的那天了,到时我就能去买我的狗,然后跟你们这两个小混球拜拜。'"

"她叫你们小混球？"瑞琪惊讶地问。

"哦，我们不介意，是不是，潘潘？"

"一点儿也不介意。"潘潘说。

"葛小姐每个星期都想尽办法把工资存下来，可她又总是按捺不住想吃既高级又昂贵的巧克力。她会开车到大老远的迪塔市百货公司去，用攒下的所有的钱买一大盒巧克力回来。潘潘和我就坐在她身边，眼巴巴地望着她坐在壁炉前一边读喜乐蒂书，一边吃巧克力。不管我们怎么求她，她从来都不肯分一块给我们吃。

"'听着，小混球，'她说，'想吃就让你们老爸去买。'

"我们就说：'可是你明知道他不肯买啊。'

"然后葛小姐总会说一模一样的话：'哦，我猜，钱是买不到快乐的。你们这么有钱，却没有了妈，还没巧克力吃。真可怜啊。'这话说得非常残酷，当时我们怎么也想不明白她为什么要那么刻薄。"

"哎，"潘潘说，"到现在我们才明白，她很可能自始至终都在嫉妒我们。人年纪小的时候，是不会明白一个大人怎么会嫉妒自己的，毕竟什么都有的似乎是大人啊。看来，其实是小孩子把大人想得太了不起了。"

"说你自己就好。"缇莉白了潘潘一眼，说道，"我给葛小姐的评价就跟她给我吃的巧克力一样多。父亲死后，我们绞尽脑汁应付那些账单。我对潘潘说：'我们为什么不像葛小姐梦想的那样去做生意呢？不过也只能做不用投入太多钱的行业，葛小姐就是因为钱不够才做不成生意的。'潘潘说想到要做什么生意了，但我问她到底要做什么的时候，她不但不回答，反而把眼睛瞪得老大，一副神秘莫测的样子，活像书里那些讨人厌的角色。她说：'呵，我们四面八方都是啊！'她那副样子把我给惹恼了，我就打她。"

"我很怕父亲走了之后，该轮到缇莉一天到晚到处乱打人了。"潘潘说。

"我很怕父亲走了之后，该轮到潘潘一天到晚发表戏剧化的言论，而且总是到最后一分钟才解决问题了。有些人一辈子都怀抱着问题总会突然迎刃而解的幻想。"缇莉说。

瑞琪不知道这话是什么意思，但也没问。

"我们害怕的是，父亲走了之后我们会渐渐发展出自己真正的性情，不知道自己将来会变成什么样的人。"潘潘说。

"至少我很担心潘潘会变成什么样的人。我很有把握自己会好好的。"缇莉说。

"你知道，父亲是从不允许任何人的真性情茁壮成长的，他不相信什么真性情。"

"吃晚饭的时候，他会念上一段长长的谢恩祷告，内容不外乎是请求上帝把每个倔强的灵魂，捏塑成他认为最优秀的模样。"缇莉说着,继续讲故事,"总之,关于做生意的事,潘潘说:'蓝莓啊!我们可以做蓝莓生意!沼泽地里到处都是蓝莓,我们把它们装罐密封,拿去卖吧。'

"'你的意思是做成蓝莓果酱?'我问她。

"'不是果酱,缅因州的每个人都会做蓝莓果酱。我们要做有特色的、不一样的东西。我们来做甜点酱汁吧。'

"'甜点酱汁?那是什么鬼东西?'

"'就是你淋在天使蛋糕、冰激凌和布丁这些甜点上的酱汁啊。'

"'这玩意儿你从哪儿听来的?'

"'其实是我瞎掰的。'潘潘很骄傲地说,'可你不觉得甜点酱汁听起来很有趣吗?'

"'啊,你瞎掰的?'我说,'那我们上哪儿去找配方呢?'

"'其实就是做得比果酱稀一点,那样产量还能更多呢。'她说。

"我们就这样开始做罐装蓝莓了。起初全都是自己做,我们自己研究配方,把蓝莓装进玻璃罐里密封起来售卖。有一年我们觉得这样太没劲了,就也做了果酱。不过那年的苍蝇很坏,总是掉落在果酱里,于是就有一些买了果酱的客人气呼呼地写信给我们,说果酱里落了多少只苍蝇,要我们退钱。我们回信说,他们竟然有时间细数果酱里有几只苍蝇,真是太闲了。不管有没有苍蝇,我很肯定这些人早已把果酱吃进肚子里了,所以我们干吗要退钱?后来我们还真有点想卖苍蝇果酱咧。不过,反正我们果酱也做腻了,又不打算冒犯那些愤怒地写信来的人,我就建议免费寄一罐装了老鼠的果酱给所有写信来抱怨的客人。"

"总而言之,这许多年就是靠了蓝莓生意,我们的餐桌上才有东西吃。"潘潘说。

缇莉在门廊上站起来伸了个懒腰,宣布要小睡一下。潘潘则要回花园干活。瑞琪也上楼了,躺在床上聆听海浪的声音。她凝视着八角窗外的风景,心中想着缇莉的故事。

那天她们又很晚才吃晚饭。潘潘直到发现太阳开始落山,才想起自己又忘了做晚饭。瑞琪帮着给胡萝卜削皮,切准备煮汤的菜。她和潘潘没再说什么话。这是夏季漫长又炎热的一天,空气窒闷而潮湿,连蜜蜂似乎都沾染了密实的湿气,在空气中停滞不动了。

缇莉下楼吃晚饭时,拔下了那瓶橘香酒的软木塞。原来打从吃完早餐,那瓶酒就好端端地摆在餐桌上。

"那酒跟蔬菜汤不太搭吧。"潘潘说。

"橘香酒跟什么都能搭。"缇莉冷冷地说着,给自己倒上第二杯酒。

她们默默地吃着晚餐。客厅里那座老爷钟敲出了沉沉的

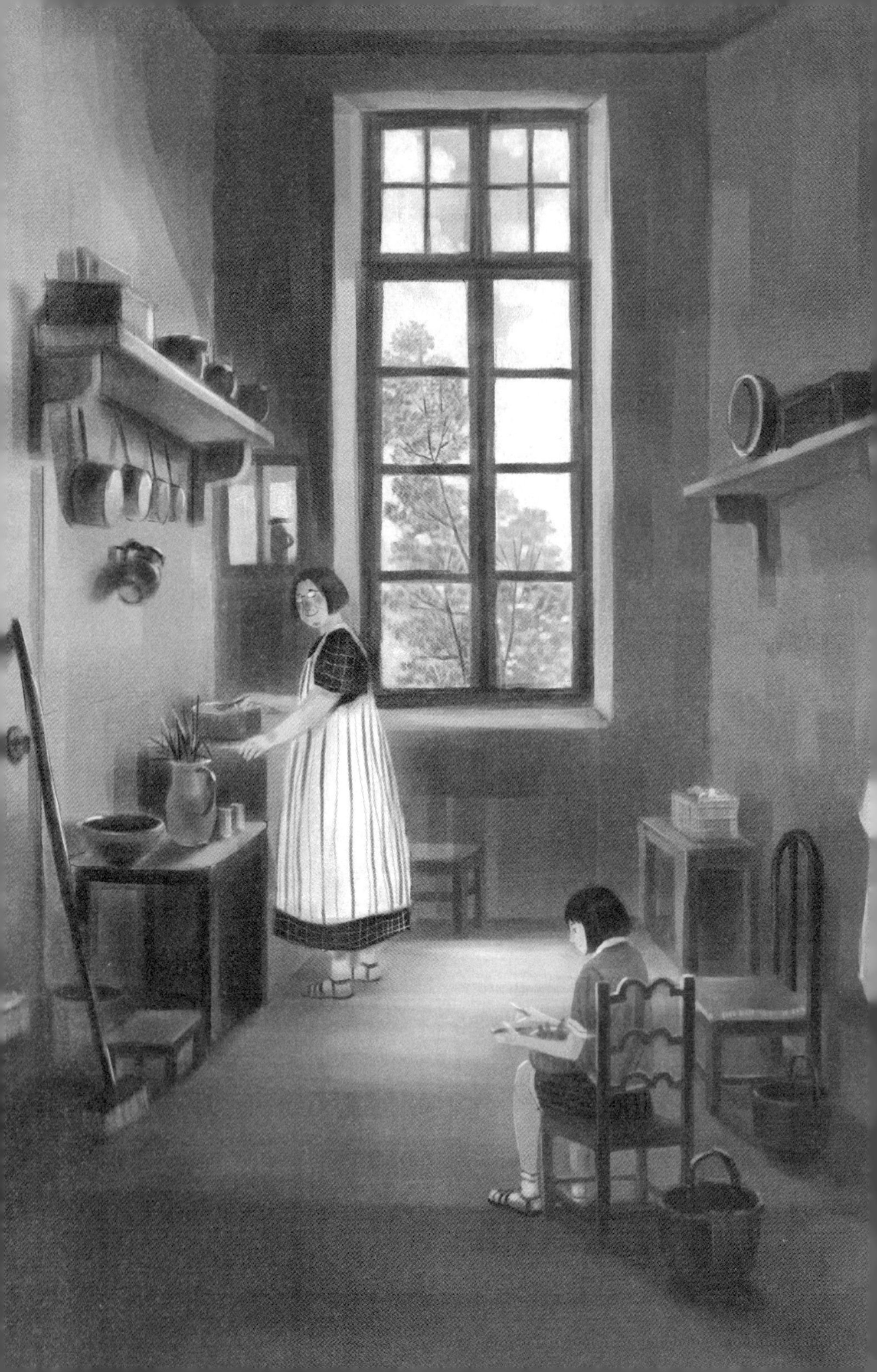

钟声，告诉她们时候已经不早了，潘潘这才开口说道："没错，这么些年来，我们就是靠着蓝莓生意，餐桌上才有东西可吃。在装罐季节期间，生活总是一片模糊。除了不断地做蓝莓酱汁外，你没有时间做别的事。而且你得动作飞快，连想都不能想，满脑子都是蓝莓和锅子，整天重复着机械化的动作，挑选，煮沸，竖起耳朵听果酱熬煮的声音，从黎明到黄昏，从汗流浃背到浑身酸痛。你还得知道什么时候才可以开始装罐。如果只有一部分蓝莓成熟，那还不行，一定要等到所有的蓝莓一块儿熟了才正好。会有一段时间整批的蓝莓同时成熟，满坑满谷都是熟透的蓝莓！"

"我们碰到了几次蓝莓大丰收，不得不请梅朵来帮忙。不过这么做是否值得，恐怕很难说。那女人见不得你随便摆放一只玻璃罐，她总觉得应该挪个几寸，再挪个几寸。感谢老天，树莓成熟的时间要比蓝莓早一些。我们摘树莓只是为了锻炼手腕的灵活度，热热身，因为蓝莓季节一来，你根本没有时间筹划，必须一步步机械化地操作，必须利用身体的本能去装罐、走动。最近几年，我们不得不大幅削减产量了，是不是，潘潘？我们本来可以雇一批帮手，可是实在很难找到足够的人。这一带每个人都在做罐头，装罐期间大家都需要帮手。"缇莉说。

她们俩靠回椅子。深沉的夜色重重地包裹而来，饭厅的窗户就像裹着一床毛毡，从中透出点点闪烁的星光。缇莉打了个饱嗝。

"后来，你们有没有弄清葛小姐和其他人究竟怎么样了？"瑞琪问。

"有一回，我们在沼泽地里发现了一只手臂。"潘潘很配合地说。

"就在摘树莓的时候。"缇莉补充道。

"是谁的手臂？"瑞琪小心地问道。

"我们也想问同样的问题。"缇莉说，"但我们只知道，那只手臂并不属于他们中的任何一个人。"

"那是一只走失的手臂。"潘潘说。

"那你们还敢长时间待在沼泽地里摘莓果，你们不害怕吗？"瑞琪问。

"哦，我们怕啊，怕得要命，所以我们定下了一个沿用至今的规矩：一人摘莓果的时候，另一人拿着猎枪在旁边守着。我们俩的枪法都很准。通常拿枪的人比较辛苦，只能站在那里晒太阳，还得担心被嗡嗡乱飞的蜜蜂蜇。你又射不到蜜蜂。"

"是啊，我们射过好几次都射不到。"

"你们有没有打过熊？"瑞琪问。

"从来没有。我怀疑那些熊会偷看，一瞧见那杆枪，它们就往别处去了。你也看见了,熊的脑袋不小,估计也有些头脑。如果我们俩能同时采摘,就能采到两倍多的莓果,但你要是被熊咬死了,再多的莓果又有什么用呢?"潘潘说。

"大家都叫我们蓝莓小姐。"缇莉瘫坐在椅子上,说得有气无力。

"后来我们不让他们这么叫了。"潘潘说,"我们很讨厌这个称呼。然后他们就叫我们古怪的曼纽托姐妹,这倒无所谓。"

"你们不介意被人说古怪?"瑞琪问。

"起码比什么俏皮的蓝莓小姐好多了。"缇莉说,"大家尽管说我们古怪吧,没关系,我们知道自己并不古怪就行了,是不是,潘潘?"

"多半不——"

潘潘话说到一半,电话铃突然响了。铃声就像一把利剑,割裂了深色大宅中的沉静,把她们三人都吓得从位子上蹦了起来。

The Canning Season

6
走错岔路的女孩

"你去接吧,亲爱的。"缇莉跟瑞琪说,"可能又是杭莉叶打来的。我要去睡了。"

瑞琪不由有些担心,不知道妈妈这么晚了会有什么事要打电话来,而且白天已经打过一次了,真是奇怪。她拿起电话,想都没想就脱口叫道:"妈?"

"妈?"电话那头是梅朵·特劳特,"现在给我听着,古怪的缇莉·曼纽托。我打电话来只是想告诉你,等你把那块被子缝好之后,一定要打电话给我,我会过去拿。我忘记说了,你负责的是最后那部分,最后的一块。除非你把那块缝好了,我们才能把所有的被块拼接起来,做成整条大被子。"

"我是瑞琪。"

"哦,我的老天,可怜的小家伙。可以请你姨婆听电话吗?"梅朵说。

"缇莉,"瑞琪喊道,看到缇莉已经上了一半楼梯了,"是那位拿被子材料来这里的女士。"

"梅朵·特劳特?那个白痴要干吗?"缇莉边问边慢慢地走下楼梯。她把话筒凑上耳朵,身子靠着墙,这才昏昏沉沉地把身子滑向椅子。

"我刚刚才跟你的曾外甥女还是什么的亲戚说,你那块被子是最后一块,我们都在等着呢,如果你能快点缝好——也许就是今晚吧——缝好之后给我打个电话,我会开着凯迪拉克过去拿。"

"凯迪拉克?伯尔给你买大车子啦?"缇莉问。

"哦,这车太耗油了,停车又不好停,而且是二手的。"

"我想象得出,那么一辆车肯定叫人伤透脑筋。"缇莉说着,侧身靠墙坐下。瑞琪真担心她的身子随时都可能继续往下滑,直到平躺在那里。"下回我们去镇上的时候,会把那块被子带去的。"

"哦,缇莉,我就是知道你会这样做,才打这个电话来的。我会过去拿的。我太了解你和潘潘了,你们肯定会把那篮子放在一边,忘得干干净净,然后一个月也不会让我们看见你们。等你们弄好了,就打电话给我,我会过去拿。"

"梅朵,我们家电话打不出去。"

"胡说——哦,你别跟我说你们到现在都还没改装电话线路。"

"我现在不想跟你说了。"缇莉说着挂了电话。她打电话时所用的礼仪,有时还真有点粗鲁不羁。

瑞琪低头望着她。"我扶你回房间好吗?"她终于问道,因为缇莉好像完全没有要站起来的意思,"潘潘还在厨房洗刷。"

"潘潘应该用浴缸才对,爬进爬出比较容易。"缇莉说着抓住瑞琪的手,这才颤巍巍地把身子撑起来。

"我是说她在洗碗。"瑞琪说着用一只手环住缇莉的腰,好让缇莉靠在她身上。两人慢慢地一步一步登上楼梯。

"母亲还活着的时候,总会陪我们去睡觉。她每上一级台阶,就念一句诗。我已经不记得那些诗句了。母亲就能做那样的事,她是个了不起的女人。"

"嗯。"瑞琪应道,她正吃力地想支撑缇莉站直。但即使缇莉体重极轻,仍然不好弄。

"'半里格①,半里格,再往前走半里格。'这句我还记得,

---

① 里格:欧洲和拉丁美洲古老的长度单位,一里格约为四点八公里。

其他的多半都忘记了。婚礼时我念的狄金森的诗句很不错，真希望我还记得。"缇莉说，"要是我念诗的对象不是那么一个蠢蛋，一切该有多美好。要是把那首诗用在更合适的人身上，我八成就会记得了。它就在图书室的哪本书里。父亲在母亲生日那天，送了她一本艾米莉·狄金森的诗集，可母亲觉得那是满纸胡说八道。她可不是狄金森的粉丝。之后父亲就再也没买过东西给她，他说实在不知道要送她什么，就索性连试都不再试了。母亲要的是外出，可她又不能，因为有我们在，有我和潘潘。她不能丢下我们走人。可后来她还是走了，死在一大摊血里……我猜我那首诗，要是用在一个更优秀的人身上，一切可能都会全然不同，我也不会三步并作两步地从婚礼中逃跑。"

"说不定你现在还是已婚呢。"瑞琪说道，这时她已经掌握了一种拖拉的节奏，一手抓住楼梯扶手，趁缇莉抬脚时把她往上提一点，拖一下。

"可要是那样，老潘潘又该怎么办呢？"缇莉轻轻地说。瑞琪惊慌地望着她，发现她已经快睡着了，可她们距离床铺还远得很呢。瑞琪小心地戳了她一下，把她弄醒，直到终于来到她的床前，瑞琪才把她轻轻地放在床上。缇莉立刻开始打起鼾来。活了这么老，肯定很难熬吧，瑞琪想。缇莉和潘潘到底有多大年纪了呢？八十？九十？瑞琪琢磨着，转过身去。潘潘正木然地站在门口,肩膀上搭着一条湿抹布,两手又在腰上。

"明天我真该开始教你开车了。"潘潘说着又走下楼去。

瑞琪回到自己的房间,沉沉地睡去。半夜醒来时,她突然想起了梅朵·特劳特看见她背上那东西时的表情。

第二天一早,瑞琪给奶牛挤完奶后,潘潘又教她喂鸡和捡鸡蛋。瑞琪的衣服上沾了几根干草,身上还带着一股淡淡的、霉霉的肥料和牲畜的气味。这会儿她要是在潘萨镇,这味道就意味着肮脏,意味着她非得洗澡不可。然而在这里,她只觉得自己已成为周围事物的一部分,实在不想把这气味洗掉。不过在进饭厅之前,她还是洗了洗手。潘潘正在饭厅里给大家盛早餐。

"还有什么东西比在吐司里夹上水煮荷包蛋更好吃呢?"缇莉问道,"还有那段谢恩祷告词是怎么说的,关于什么快乐、保佑水手安全回家?"缇莉正要问个究竟,突然听到有人在敲门。她站起来,生气地说:"那个该死的女人!我知道她的毛病是什么。为了一块被子?才怪!她根本就是受不了我们家客人的祖宗八代还没让她摸个一清二楚。"

"你是说梅朵?"潘潘说着啜了一口咖啡。她已经饿到不想去开门了,尤其是在这个节骨眼上。管他是谁在敲门,让他等着吧。

"是啊,就是那个梅朵·特劳特。"缇莉愤愤地说,"昨晚她打电话来,硬要我们马上把那块被子缝好。她一直在说什么会开车过来拿,而我也一直在强调我们会送过去。潘潘,你是知道的,我对保护我们的隐私一向是什么想法。我们可不能让别人一天到晚地往这里跑。"

听到这话,潘潘一脸惊慌地站了起来。这水煮荷包蛋夹吐司,差点儿害她忘记了刚刚才开始奉行的人生准则。

"噢,糟糕!"她说,"有人跑来了啊,缇莉,那我们就必须让人进来,即使那个人是梅朵·特劳特。"

"好吧,你这讨厌的佛教徒,潘潘。"缇莉说着又坐下来,开始吃蛋,"那你去应付梅朵吧。一定要告诉她,别养成开车来这里的习惯。我们今晚就会缝她那块白痴被子,明天一早就开车去镇上送给她。真是啰唆,啰唆,啰唆。"

潘潘去应门了。瑞琪默默地吃着早餐。终于,缇莉抬起头来说道:"梅朵嫁给了我丈夫伯尔的儿子小伯尔,老是利用我的好心肠来占我的便宜。伯尔跟我分开之后,就搬到镇上去了,不久后违法娶了那个婚礼策划人薛玛。只要他开口,我是很愿意和他离婚的,可他从来也不提这事。起初可能是还抱有希望,以为既然我们已经举行过婚礼,说不定我会反悔,继续当他的妻子。后来不提是因为信教的缘故吧。有一段时间,他不断地跟薛玛倒苦水,而薛玛也一直都在生我的气,因为我不让她筹划我的婚礼。这两人于是有了同仇敌忾的对象,所谓王八对绿豆,越看越顺眼。开始两人还都在骂我,接着就打情骂俏起来。然后有一天,我猜薛玛对我的怨恨已经无以复加了,她就要求伯尔跟我离婚,可是伯尔不肯。

"伯尔觉得自己因为那段婚礼誓词而成了森林一带的笑柄,他决定让大家看看他其实不是疯子。但由于他不太聪明,他盘算正确的做法就是加入天主教会,即使为此必须到迪塔市找个天主教会,他也在所不惜。一旦皈依了天主教,他就把一切教义照单全收,彻底奉行。他告诉薛玛离婚是一项死罪,不过他也许能在每周五跟她见面。哦,你可以想象薛玛对这项安排的反应。她直接冲到迪塔市的教堂去找神父,告诉他非得让伯尔把事情想清楚才行。她说什么伯尔虽然在形式上并没有构成重婚,但在心里已经犯下类似重婚的大罪。那位神父表面上很同情薛玛的处境,同意她所说的话,还说他会开导伯尔。但是到头来他告诉伯尔的,却是甩了薛玛。

"薛玛得知这事后,比被关在玻璃罐子里的大黄蜂还要气愤。她又冲去那间小小的天主教堂,把那神父骂了个狗血淋头,估计短时间内他很难忘记了。不过等她骂完,神父又原谅她了。薛玛无奈极了,只得彻底放弃跟神父较劲。他仍会继续贯彻自己虔诚的信仰,而她也没法拿他怎么样。薛玛觉得,还是专心在伯尔身上下功夫的好。

"于是她跑回去告诉伯尔,说他要是不娶她,她爸爸——也就是锯木厂那个大块头——会好好伺候他的。听说她爸爸很会使刀子。

"'你说"好好伺候"是什么意思?'伯尔问道。说实在的,他可不愿意为了什么教义而把小命丢了。

"薛玛把话挑明后,伯尔妥协了,他说:'好吧,薛玛。可是,找谁来为我们证婚呢?大家都知道我已经结婚了。'

"'伯尔,这事就交给我吧。'薛玛说。

"薛玛这人是不太灵活,可有在酒馆里倒啤酒的那些时间,足够让她把事情想个透彻了。终于有一天,她跳进车子跑去接伯尔,两人就出发了。

"'我们上哪儿去?'伯尔紧张地问,眼看着薛玛载着他经过了丁克镇和德利镇,又过了迪塔市。

"'去一个没人认识我们的地方,我们就能在婚姻许可证上撒谎了。'在花了那么多时间盘算这件事后,撒谎仍然是薛玛所能想到的最佳办法,'对了,你还欠我一枚戒指。'

"结果薛玛大概是在他们第七个结婚纪念日的时候,才得到了戒指。在这期间,她生了五个孩子,其中两个没能活下来。伯尔坚信那是上帝对他们的审判。这个审判的说法简直快把薛玛逼疯了。伯尔跟那家天主教堂的关系越来越密切,可却从不带家人去,因为他说他们的存在就是一种罪孽。小伯尔就是他的一个孩子,从小到大都笼罩在这种罪孽的阴影之下。梅朵就因为这事,从不肯原谅我。但其实这一切跟我半点关系都没有。而且要不是每个星期天早上伯尔开车去教堂的时候,薛玛就不断地告诉她的孩子,说他们的父亲认为他们是罪孽,那他们也不会知道这回事。'你们就坐在那里,'她会这么说,'罪孽一、二、三。当初何必费神取名字呢?干脆给你们编号算了。'她每见我一次就旧事重提一次,我们大概每年要见一次面。我觉得见得实在太频繁了,可是你也知道,有些人就是那样,总爱跑过来扰乱你平静的生活。当然,你也了解潘潘的人生准则……"

缇莉正说到这里时,潘潘进来了,身旁多了一个比瑞琪稍大一点儿的女孩。女孩有一头长长的直发,但却有些零乱不齐,仿佛用剃刀割过。她身边还拖着一只行李箱。

"她叫哈波。"潘潘说。

潘潘打开大门的时候,惊讶得说不出话来。门口站着的不是梅朵,而是一个大着肚子的女人,还有一个和瑞琪的年纪相仿的女孩。那女孩拖着一只行李箱,用探询的目光一径往屋里张望着,仿佛再也无法按捺住内心的紧张,非得进屋瞧个究竟似的。那个怀有身孕的女人则丝毫不好奇,一副严厉与坚决的表情。

"这是哈波。"女人说道。

"哦。"潘潘说,她实在想不出还有什么话可说。有那么一会儿,三人就那样沉默地站在阳光里。终于潘潘恢复过来,说道:"我是潘潘·曼纽托。"

"哦。"那女人应道,好像觉得潘潘说名道姓有些多余。她打开一个饱经风霜的漆皮钱包,在里头摸索了一阵,掏出一包压瘪的香烟,从里面甩出一根便抽了起来。那香烟的模样和她们两人出现在门口的事同样让潘潘吃惊。显然今天将是陌生人意外现身的日子。还从来不曾有人没来由地出现在玫瑰幽谷的大门口。通往山谷的这条路既漫长又难走,如果有人不小心偏离了大路,往山谷这边走来,在走上最后一条泥巴小径之前,也会明白自己走错路了。大多数人在看见第一头熊的时候,就会赶紧掉头。

那女人点燃香烟,深深地吸了一口。而那女孩似乎再也控制不了自己,径自轻轻地走过潘潘身边进了前厅,随即站在那儿一个幼儿地往客厅里瞧。

"这里怪安静的,"那女人终于说道,嘴里吐出一缕轻烟,"我还以为会很吵呢。"

"你以为会很吵?"潘潘茫然地问道。

"是啊,有那么些孩子,能不吵吗?"那女人说,"老实说,我还以为这里会跟地狱差不多,但好像还挺不错的,你都能听见自己在想事情。你是怎么做到的?把他们全都锁起来?"她在潘潘的手臂上开玩笑地轻轻敲了一下,这让潘潘相当不舒服。潘潘不认为这个女人疯了——女人眼里有太多无法撼动的愤怒——可潘潘也并不觉得此人礼貌周到。

"请听我说,"潘潘说,"我想这可能是个误会。"

"你这是什么意思?我告诉你,我们今天大老远地跑到这里来可不是为了野餐——我们家乡的人跟我说,你们这里什么人都会收留,绝不会拒绝像哈波这个年纪的女孩。"

"哦。"潘潘应道,自顾自地想着,她是上个星期才开始拥护这种佛家理念的呀,前几天就来了个瑞琪,如今又有另一个女孩出现在她的门口。或许缇莉说得对,她们没住在四通八达的地方,搞不好还真是种幸运。要是以这个速度发展下去,她们的房间不久就会不够住了。她真纳闷,这个女人提到的"他们"是指谁呢?他们怎么会知道潘潘正在奉行佛家理念?不过,我猜,潘潘想,当你做出了某种决定,它便成为了集体意识的一部分。或许那是心理学家荣格[1]的说法?问题是,她还没有完全了解这个理念的复杂性,就开始拥护它了。以后还是审慎一些比较好,在拥护任何别的想法之前,她最好多读一点书。

---

[1] 卡尔·古斯塔夫·荣格(1875—1961):瑞士心理学家、精神分析医师,分析心理学的创立者。

"哦，那倒是真话。"潘潘终于说道，"亲爱的，你说你是从哪里来的？"

"黑洛克斯，在这里的西南方。我说过了，我们开了好久的车才开到这里。"

"你也一起进来吧？"潘潘说话时，眼睛仍盯着哈波，看她在客厅里逛来逛去，拿起一个小玩意又放下。

"我？不用了，我才不要死在这样一个地方——没有冒犯你的意思。"女人说道。

"没关系。"潘潘不假思索地说。她的心思全在哈波身上，这会儿哈波已经从一个房间逛到另一个房间，连角落里也仔细看过了，就像在找什么似的。"你刚才说，每个人都说我什么人都会收留？"

"哦，我想他们指的并不是你个人。"那女人边说边用脚踩着刚刚丢在白色门廊地板上的烟头，接着又从那包香烟里甩出一根烟。

"不是，当然不是。"潘潘望着那根香烟，心不在焉地说道。显然那种集体意识把缇莉也纳入计划里了，她想。"不是某个特别的人这么告诉你的吧？他是丁克镇还是德利镇的？"

"我住在黑洛克斯，干吗跟丁克镇和德利镇的人说话啊？当然，现在我已经离开了。从昨天起，我就不住在黑洛克斯了。我要带着我的小宝宝一起离开。"她轻拍着自己的肚子，"我们要去加拿大，把我弄成这样的是个法裔加拿大人。"

"哦。"潘潘说道，努力想摆出一副同情的样子，可是她不太能理解眼前的状况，而且看起来她必须在这个女人去加拿大的期间收留那个十几岁的女孩。"你的意思是，你要去找孩子的父亲？"

"找他？哦，才不是呢，找他没用。我要找的是他妈妈，我估计找她最保险。从他讲给我听的那些故事来看，他妈妈是个很不错的女人。所以我想，没准我能在那儿住上一阵子，把她的孙子生下来。那些法裔加拿大人很看重家人，而我连一个家人也没有。自从哈波的妈妈跑掉以后，我就一个也没有了。"

"你不是哈波的妈妈？"

"不是啊，如果我是她妈妈，干吗把她丢在这里？"

这话让潘潘不知该怎么回应。

那女人喷了一口烟继续说道："无论如何，就像我刚才说的，哈波的妈妈闪人了，那时哈波还是个小宝宝呢。她不告而别，我就不得不抚养哈波。我倒是不太介意，但你也知道养个孩子是怎么回事。那可是很大的责任！孩子丢给我的时候，我才十五岁。"

"我自己从来没养过孩子。"潘潘说。

"哦，是吗？可是你也能了解啊，你这里有那么些孩子，你知道他们是怎么回事。"

潘潘点点头，心想我们才跟瑞琪相处了没几天，这女人怎么就知道了呢？这真是太离奇了。你不过是无意识地打开了门，结果，瞧瞧都发生了什么事。也许她该开始冥想，吃点儿养生饮食。一切都发生得太快了，她还没有正式奉行佛教教义，她对这种教义真的半点也不了解。

"不管怎样，我跟哈波已经说过再见了，这会儿我得走了。"那女人说。

"你还真信任别人。"潘潘道出了心中的想法。

"呃？"那女人不解地看着潘潘。

"我只是想，你还真信任别人，就这样把哈波丢给完全陌生的人。"

"哦，我说过了，你们的声誉还不错。不过，要是你不介意我这么说的话，你们这里的位置实在偏僻得可以，而且附近怎么还有那么多熊？这是一种保安系统吗，好让他们逃不掉？"

"让谁逃不掉？"潘潘诧异地问。

"那些孤儿啊。"女人说。

潘潘这才恍然大悟。"哦，我的老天爷！"她说着砰的一声坐在门廊的台阶上，伸手抓住那女人的手臂，把她也拉下来坐在身边，"我想咱们还得从头说起。"

"所以，"潘潘对缇莉和瑞琪说道，这会儿哈波已经上楼去整理行李，而潘潘也快把事情的经过交代完毕了，"到那时我才明白，那个女人，麦迪生小姐，原本是想送哈波去圣西尔孤儿院的。她之所以从黑洛克斯大老远地开车过来，是因为听说圣西尔孤儿院会收留任何人，即使是像哈波那么大的女孩。"

"她怎么会犯那样的错误？"缇莉问道。

"咱们的房子很大，附近的地盘也很大，看起来的确很像孤儿院吧，缇莉。"

"不是，我是说那个岔路口。通往圣西尔孤儿院的岔路口，起码还在前面十几公里远。"

"是啊，可是从来都没有人走过我们这条路，估计大家都忘了。他们只说从丁克镇出来后拐上第一条岔路。"

"可我还是不明白。哈波不是孤儿吧？"瑞琪问。

"哦，这事麦迪生小姐也不确定。她姐姐，也就是哈波的妈妈，好几年前就走了。听麦迪生小姐那语气，她姐姐很可能是碰上了什么坏事。不管怎样，她姐姐一直都没有回来接哈波。"

"那哈波的爸爸呢？"缇莉问。

"被关在死牢里，他杀了一只黑猩猩。"

"啊？他为什么要杀猩猩？"瑞琪张大了嘴巴。

"还有动物园的管理员。"潘潘又说道，"可能还有别的人吧。"

屋里一阵沉默。潘潘深吸了一口气才继续说道:"麦迪生小姐显然并不想跟哈波相依为命,她已经尽力了,可好像永远也无法跟哈波混熟,她是这么说的。而且她的宝宝就要出生了,她彻底明白自己不能再要哈波了,她也实在养不活两个孩子。"

"可是,哈波已经不是孩子了,"缇莉说,"她跟瑞琪一般大,可以帮着照看小宝宝啊。"

"可麦迪生小姐就是觉得眼下不能再要哈波了。总之,管她古怪不古怪,等我发现她误以为我们这儿是孤儿院以后,就不觉得那么奇怪了。"潘潘心想,感谢上帝,她总算把这件事搞清楚了,不用开始吃什么养生饮食。不过可惜的是,她不得不放弃麦迪生小姐是透过集体意识才找到这里来的想法。然而这一回没有发生,也并不表示下一回就不可能发生,她还得去买些客人用的大毛巾,准备一下才行。

"那你为什么不告诉她怎么去圣西尔呢?"缇莉问。

"两个原因:第一,无论是谁出现在你家门口——"

"我知道,你都得收留!"缇莉说着翻了个白眼。

"第二,说真的,我实在没把握哈波能到得了孤儿院。麦迪生小姐下决心要摆脱她,免得自己'心肠又软了'。我告诉她我们这里不是孤儿院,她走错岔路了的时候,我也没听见她说：'哦，那我还是掉头回去问个清楚吧。'她只一个劲地说：'呃。'语气含糊得令人不安。我仿佛能看到她把哈波丢在路边，叫哈波自己搭个便车过去。她似乎铁了心，今晚说什么也要到加拿大去。"

"她挺着那么大个肚子，要开一晚上车去加拿大？"缇莉问道。

"她是个心意非常坚决的女人。"

"天哪。"缇莉哀号了一声。

还有一个原因潘潘并没有说出来——她也想到了哈波可以跟瑞琪做伴。到目前为止，她和缇莉似乎还能让瑞琪感到快乐，可是潘潘并不认为瑞琪光是挤挤牛奶，别的什么事也不做就好了。瑞琪应该有个玩伴。十三岁的女孩还会玩耍吗？潘潘试图回忆自己十三岁时都在做些什么，可是直到她们参加欧洲豪华旅行之前，青春期那几年在她的脑中全部搅在了一起。那时她总是一头扎进书里，而且，她还有缇莉做伴。潘潘心里希望着，或许哈波是从天上掉下来的礼物。潘潘相信从天而降这种事。她觉得你只需要睁大眼睛留意就好了。她花了一整天寻找哈波果然是从天而降的种种迹象，可惜什么也没找着。

终于下楼来的时候，哈波已经仔仔细细地检查过楼上的每一个房间了，丝毫不尊重任何人的隐私。缇莉说："哈波，穿上泳衣跟我们到下面的海滩去好吗？"

"我没有泳衣。"哈波说。

"我们得去镇上给你买一件才行。"潘潘说。

"哼，杂货店的人没准会以为少女泳衣突然流行起来了呢。"缇莉说道，"然后他们可能会一下子订上几十件十三岁女孩穿的泳衣，摆在店里。"

"我十四岁了。"哈波纠正她，"你们干吗不在网上给我订一件呢？我上网去逛逛，等找到喜欢的再说。你们只要告诉我信用卡号码就行了。另外，有口香糖吗？"

"没有口香糖。"缇莉说，她恨极了口香糖，觉得那东西非常令人反感，"我也不懂你说的上网逛逛是什么意思。"

"我的意思是用电脑上网。"哈波解释道。

"我们家没有电脑。"潘潘说道，"你是说，你能在电脑上买衣服？"

"对啊。我们家也没有电脑，不过真难想象，你们居然不知道能在网上买东西。好吧，你们没有口香糖，那有烟吗？"

潘潘实在忍不住，失声笑了出来。瞧瞧哈波那一脸小小亡命徒的表情。走在通往海滩的路上时，缇莉把身子凑近潘潘，说："口香糖和香烟？！潘潘，希望你知道自己在干什么。那个女孩会是我们的大麻烦！"

"唉，也怪不得她想抽烟。"潘潘说，"她妈妈，或者应该说她姨妈，是她从小唯一的抚养人，就像母亲一样，而她姨妈就这样把她抛弃在缅因州的森林里，丢给一些完全不相干的陌生人。你还能期望哈波做什么呢？再说，从那位麦迪生小姐一紧张就猛抽烟的德性来看，她八成是杆老烟枪，虽说她一副随时都会临盆的样子。"

"你应该请麦迪生小姐进来吃早餐，我也好会会她。"缇莉说。

"现在太迟了，"把浴巾摊在岩石上时，潘潘说道，"她可能已经在去魁北克省的路上了。"

"好吧。瑞琪，你准备好了吗？"缇莉说着慢慢蹚入海中。瑞琪跟在后面，仍旧在泳衣外头套着T恤和短裤，还罩了一件缇莉的毛衣。她花了好几分钟才把衣服全部脱掉。本来不用那么久的，但在走下悬崖、潜入海中的那段路上，她一直在纠结缇莉和潘潘究竟有没有看见那东西。显然梅朵·特劳特看见了，不过缇莉和潘潘除了对梅朵毁毛衣的事大为惊骇之外，也没什么其他反应。整件事再没有人提起。如果她们那天没看见，今天见到了又会怎么说呢？瑞琪心中隐约存着一线微小的希望——说不定是她妈妈弄错了，别人根本不会那么大惊小怪；说不定那东西并不像妈妈想象的那么怪异可笑，潘潘和缇莉早就看见了，却不认为有什么大不了的。如果真是这样的话，瑞琪也就不在意把衣服脱掉了。但另一方面，假如她们是这会儿才头一次看见，那她宁可什么也不脱，宁可不要游泳。每当想到这一点，她便不再解扣子。

缇莉已经走到了齐腰深的地方，转过身来招呼道："快点啊，瑞琪。"

哈波坐在通往海滩的岩石斜坡上，嘴里叼着一根长草，老大不乐意地望着前方。

"这里的太阳好热啊。"哈波抱怨道，"附近就没有遮阴的地方吗？可没人告诉我这里有海啊。你们这孤儿院真是不怎么样，根本没什么事做。没有滑水道，没有化妆课，也没有缝纫俱乐部。"

潘潘这才反应过来，她们都忘了告诉哈波这里并不是圣西尔孤儿院了。潘潘跟麦迪生小姐说话那会儿，哈波正在客厅里四处乱逛，甚至没出来跟麦迪生小姐道别。麦迪生小姐则说早已道过别了。潘潘仍然感到很诧异，哈波居然都没有流泪，没有依依不舍，也没有哀求别留下自己一个人。潘潘跟麦迪生小姐聊了好久，等到终于进屋的时候，又刚好赶上救起一只被哈波从桌上碰倒的花瓶，于是潘潘就彻底忘记跟哈波解释了。

"哦，天哪，天哪！"潘潘喊道。

"别紧张，"哈波大度地说，"我猜麦迪就一定是在骗我，孤儿院才不会有什么滑水道呢。那个麦迪是个疯子。"

"你就这样称呼你姨妈吗,亲爱的?"

"哦,我五岁以前都管她叫妈妈,后来她说别那么叫了,叫她麦迪就好。她说我要是叫她妈妈,别人会以为她比实际的年龄老,男人都会吓跑的。麦迪喜欢交男朋友,没错——噢,该死的上帝,那女孩的肩胛骨上是什么东西啊?"哈波说着站了起来,指着好不容易把T恤脱下的瑞琪。

"嘘!住嘴!住嘴!"潘潘激动地说。

瑞琪马上蹲坐在水里。

"好恶心啊!"哈波说,"因为那东西才没人领养你吗?"

"哦!天哪。"潘潘叫道。

"真是从没见过这么无礼的小鬼!"缇莉说着,费力地涉水走回瑞琪身边。瑞琪仍然蹲在水中,两只胳膊紧紧地圈住自己的身体。"来,瑞琪。那女孩真是好一张利嘴。"缇莉说着又转向哈波,"你这话是什么意思?为什么说没人愿意领养她?她又不想被人领养。你这想法真是怪异。"

"哦,那到底是怎么回事?她在这里干吗?她爸妈因为那东西才把她丢来的吗?"哈波问道,仍然低头死盯着泡在海水里的瑞琪,想等瑞琪站起来时再看一眼那东西。

这话说得太接近事实了。潘潘硬拉住哈波的手臂,把她拽往石头小径。潘潘天生不爱强迫别人,可这回实在没有其他办法让哈波走开了,瑞琪肩胛骨上的东西牢牢吸引住了哈波的注意力。

瑞琪的眼泪忍不住流了出来，她拼命地眨着眼睛，不想成为众人注目的焦点。缇莉看出来了，所以没去管她，兀自来回地游泳，做着晨间运动，仿佛什么事也没发生。潘潘则把哈波一步一拽地拖上石头小径走回屋里，好跟她说明这里其实是个什么地方。等她们终于走开后，瑞琪也不知道该怎么办。她穿上衣服，坐在水浅的地方，让海浪泼洒在热热的脸上。如果有大浪袭来，她便屏住呼吸。她就那样坐了好久好久，直到缇莉说："哦，我想我该出来了。"

瑞琪点点头，这才从水中站起身子。她并没有打消学游泳的念头，不过那天是不打算学了。无论缇莉是否理解，她都再也没提过这档子事。两人于是回到屋里去换衣服。缇莉只说了一句话，那是在她们走在石头小径上，几乎快走到大宅子的时候，她才脱口而出的。那句话就像是对那些树、对缅因州的森林说的，是在表达她压抑了许久的对宇宙的抱怨，她说："这个世界上充满了傻气。"

与此同时，潘潘决定和哈波把话说开。哈波坐在客厅那把维多利亚风格的红色天鹅绒情人椅上，两只膝盖和脚踝都紧紧地挨在一起，看起来非常紧张。

"真遗憾，"潘潘这么说道，"你姨妈觉得不方便再把你留在身边了。"

103

"没关系,我习惯了。"哈波说道,"那个小鬼背上的东西到底是什么啊?"

"她叫瑞琪,亲爱的。"潘潘说,"好了,今天对你来说,肯定悲惨极了吧?"

"是不怎么样。"哈波承认道,"我以为麦迪不会真的丢下我,以为她会改变心意呢。也许她还是会的吧?她一路上都在哭呢。"刚才在海滩边,哈波把野餐篮里的东西全都吃光了,只留下一包瓜子。回来的时候,她把篮子也拿上来了。这会儿跟潘潘聊着,她才发现原来这番谈话如此轻松自在,于是她就打开袋子吸吮起瓜子来,接着把瓜子吐到棕榈树盆栽里。

"这么吐太脏了,"潘潘温和地说,眼睁睁地瞧着那盆可爱的盆栽,"简直是恶心。你为什么要这么做呢?"

"我又不能把瓜子吞下去。"哈波理直气壮地说,"也许有人可以吧,但麦迪跟我说要是把瓜子吞下去,肚子里会长东西的。当然,我不太相信她的话。不过呢,我看你就不想吞。有些人的肠子里长着小小的口袋,你和我说不定也长了,只是自己还不知道。你可不希望有颗瓜子卡在那里面吧?我连嚼都不嚼,我只喜欢含着瓜子,把瓜子壳上的盐分吸掉。"

"嗯。"潘潘说着恢复了礼貌的语气。但接着哈波又把一嘴的瓜子吐到花盆里时,潘潘再也控制不住了,大吼道:"别吐了！"吼完她自己都吓了一跳，她已经不记得自己最后一次大嗓门吼是什么时候了。

"嘿，别对孤儿大吼大叫的。"哈波不为所动地说，又往嘴里塞了一把瓜子。

"我没有大吼大叫，我从不大吼大叫。"潘潘说着，仍然无法相信自己居然真的大吼大叫了，"我们到外面去重新开始说，花园里随便你怎么吐都行。"一走到花园里，哈波就被日晷迷住了。"啊，我听说过这种东西！我曾希望自己的花园里也有一个。它真的管用吗？"她问潘潘，用手轻轻地摸着日晷上的那支箭。

"管用，当然管用啦，只要有太阳出来。"

"而且它还没有会动的部分。这东西真是个奇迹。"哈波说。

这话让潘潘心中一惊。"当然，动的是地球。这的确是个很不错的日晷，是我父亲在意大利买的，就在我们参加豪华之旅的时候。"

"豪华什么？"

"豪华之旅。缇莉和我在十几岁的时候，花了大概一年的时间到欧洲各地去旅行。"

"嘿，我倒不介意去欧洲玩一趟。不过我想，我和麦迪一辈子也不会有那个钱。"

"我们好像又跑题了。"潘潘喃喃地说，"请坐下。"

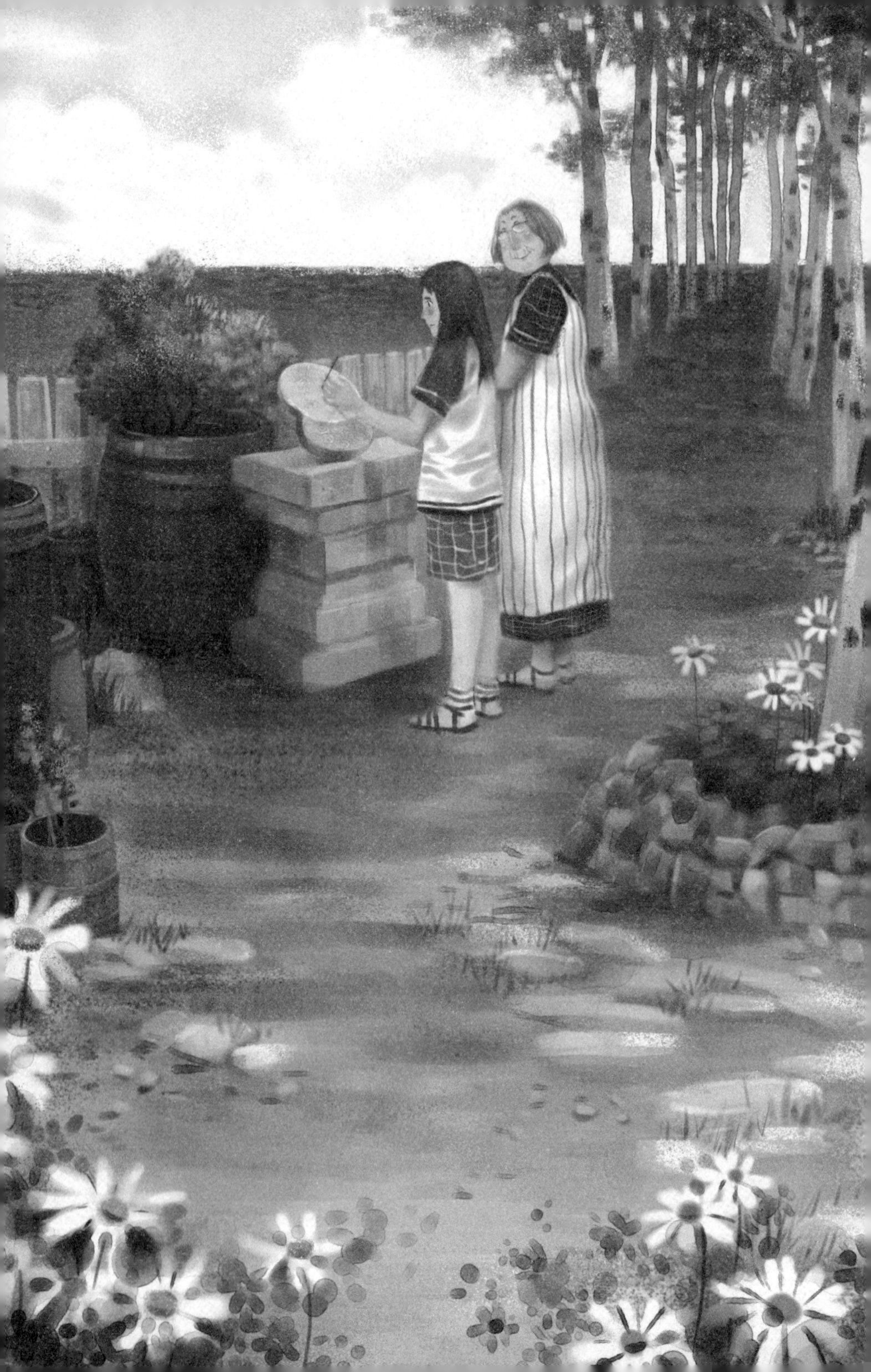

"你还一直没告诉我那小鬼肩胛骨上的东西是什么呢。"哈波说。

"哈波,我想跟你谈谈,是因为你可能误会了一些事情。"

"误会了什么?"

"这里不是孤儿院,不是圣西尔。这里叫做玫瑰幽谷。"

这话把哈波拉回了现实,她盯着潘潘看的那个样子,活像是麦迪生小姐把她丢在了一个就要把她大卸八块、当狗饲料卖掉的地方。非食用肉类,这非常像麦迪的作风,哈波想。"玫瑰幽谷是什么地方?"她冷冷地问道。

"这是我们的房子,属于我和缇莉。而瑞琪是我们的亲戚,是来这里过暑假的。"

"哦,她是来过暑假的?"哈波想也没想地说着,她正在设法理解眼前的状况,嘴里却嘟嘟囔囔个不停,"过来跟她的姨婆共度夏天?真是好极了。那暑假过后,她就该回家了?那我在这里干吗?夏天结束的时候,我又要干吗?"

呃?之前潘潘一直心心念念着要保有自己的佛家理念,以及要为瑞琪找一个伴,压根儿也没把事情想透彻。这还是潘潘头一回想到夏天是会结束的,瑞琪也会回家,到那时候,说真的,她们该拿哈波怎么办呢?"我不知道啊。"她说着忽地坐在吊床上。那吊床就悬在开满了红花、紫花和白花的花床上方,潘潘这么一坐,惊扰了一只蜜蜂,被它蜇了一口,疼得她哀叫一声，连忙跑进屋里敷冰块。用冷水冲洗伤口的时候，潘潘把整件事情想了一遍。佛教从来没说过，如果你收留了出现在家门口的人，接下来该怎么办。这证明佛教也没那么迷人。潘潘回到花园，见哈波正躺在吊床上，已经把床底下的花都摘光了。哦，也好吧。潘潘想，随即回到屋里去多做了一份午餐。

潘潘把午餐端上桌时，缇莉和瑞琪也正好回来了。她们俩去换衣服的时候，潘潘请哈波进来跟大家一起吃饭。哈波的胃似乎永远也填不满。那一顿吃得出奇的安静。缇莉很烦哈波，认为她粗鲁无礼且麻木不仁。潘潘则感到很内疚，她不知道该拿哈波怎么办，也不知道该怎么告诉她这一点。瑞琪呢，以为大家都在想着那东西，因而感到很不安。她想那东西果真如杭莉叶向来所说的那样，怪异而可怕。这个想法让瑞琪更加心烦意乱。哈波明白餐桌前没有一个人乐意见到自己，她非常想表现得比以前更加无礼，却苦于没有机会。没有人说话，每个人都迷失在自己小小的情绪风暴中。因此，电话铃响的时候，所有人都吓得从椅子上惊跳了起来。

是麦迪改变主意了，哈波想。

是那邪恶的梅朵·特劳特，缇莉想。

是圣西尔孤儿院赶来救援了，潘潘想。她的想法恐怕是最离谱的，她已被罪恶感逼到了边缘。

是妈妈，瑞琪想。

潘潘拿起了话筒。听见杭莉叶的声音时，潘潘觉得非常迷惘，她多么希望这是圣西尔孤儿院打来的啊。她一言不发地把话筒递给瑞琪。

"哦，真是的，"瑞琪打了招呼之后，杭莉叶说道，"她们真是越老越糊涂了，是不是啊？连句'你好'都不会说了吗？"

"我不知道。"瑞琪悄声说道，希望这样可以暗示杭莉叶也把声音放低一些。可她朝饭厅望了望，发现根本没有人注意她这边的动静，餐桌旁的三个人都在用手指轻敲着桌面。

"我打电话来是想告诉你，最近别往家里打电话，我这段时间都不在家。估计会有两个星期不在。"

"哦。"瑞琪应道，停顿了一会儿才反应过来，"你要去哪儿？你要离开吗？"

"也对，也不对。我要走，但也不完全是离开。我能去哪儿呀？真是，我能去哪里？我可能会去跟一个女性朋友住上几天。"

这话听起来非常可疑，疑点之一就是，瑞琪的妈妈根本没什么朋友。"哪个女性朋友？"瑞琪问。

"你不认识的。"杭莉叶凶巴巴地说，"你没必要知道我交的每一个朋友。重点是，如果你打过来我没有接，你也不用担心。其实你也不用打电话。"

109

"我反正也打不出去,缇莉和潘潘的电话只能接不能打。"

"噢,我的上帝,那两个老东西从不修理电话机吗?"

"是的。"瑞琪说。

"你把那东西遮好了吗?"

"嗯。"瑞琪撒谎了。

"很好。"杭莉叶说完挂断了电话。

"有没有人想吃甜点?"看见瑞琪走回饭厅的时候,潘潘问道。

没有人搭腔。潘潘仍然走进厨房去端了盘布丁出来。大家花了几分钟把布丁上的葡萄干抠出来堆到旁边。然后潘潘问瑞琪:"你妈妈打电话来干吗?"

"哦!"瑞琪差点把一颗葡萄干吞进气管,"她叫我别打电话给她,因为她最近都不在家。"

"你有没有告诉她你反正也打不出去?"缇莉问道。

"我说了。我妈说,她可能会暂时住在一个女性朋友那儿。"瑞琪继续说道。

潘潘和缇莉点了点头。

"她今年夏天送我来这里,该不会是因为自己得了癌症吧?她不会是要住院吧,不会吧?"瑞琪可怜兮兮地追问道,同时紧紧地盯着潘潘和缇莉,在她们脸上搜寻隐瞒的迹象。

"噢,可怜的孩子,"缇莉说,"你是这么想的吗?我的老天。如果她得了癌症,我们肯定会告诉你的。但据我们所知,你妈妈这会儿健康得不得了。如果她说要暂时住在一个女性朋友家,那可能事实就是这样吧。"

"可她自己有套很好的房子可以住,干吗要住在别人家呢?"瑞琪不相信,听起来内心饱受折磨。

"也许你家的房子要进行烟熏消毒?"缇莉说。

"或者是要粉刷一下。"潘潘说。

"那她为什么不直接告诉我?"

哈波刚刚贪心地吃完了自己的米饭布丁,又抓起潘潘面前一口还没动的那份,这才说起话来。她一边说还一边喷了满下巴的米粒:"女性朋友才怪!你妈有男朋友了。"

她们全都停止咀嚼,愣愣地望着哈波。这时她们才明白,是啊,哈波说得一点儿也不错。

7
理查森大夫的长胳膊

哈波除了往花盆里吐瓜子，吃饭的时候不仅吃掉自己的还明目张胆地吃掉别人的，她也为曼纽托姐妹带来了外面世界的信息。好几天以来，她不是跟在她们俩身后，就是跟在她们三个人后头，不断地解释在网上可以干些什么。但她们仁的想法却都停留在杭莉叶交男朋友了这件事上。那人会是谁呢？不知这件事会不会影响瑞琪在这里暂住一个暑假。不过，她们还是用一只耳朵听哈波说着，如何从电脑上得到报纸、产品目录以及各式各样的信息。

"能接触到那么多东西，还是免费的，这好像不太可能吧。"缇莉有一回这么说道。哈波马上叫她闭嘴,当然,口气是很温柔的。然后哈波继续往下说着,她很了解网络,滔滔不绝地说着各种信息。她花了很多课余时间上网,可是麦迪对她学到的东西从不感兴趣。

瑞琪也曾用过电脑,但对电脑的了解远不如哈波,她不像哈波那样,放学之后还能上好几个小时网。杭莉叶从没买过电脑,而且总是要求瑞琪放学之后立刻回家。杭莉叶不想给瑞琪付钱去上什么课后辅导班,也不喜欢她在外面交朋友。

缇莉和潘潘呢,她们连一台收音机都没有,更别提电视机或者电脑了。如果外星人入侵缅因州的话,哈波说,她们肯定是最后一个知道。

"我正希望自己最后一个知道呢,"缇莉说,"第一个知道有什么好处啊?"

潘潘和缇莉跟两个小女孩解释,在那些做罐装蓝莓最忙碌的年头,随着事业渐渐壮大,她们俩与外界的接触也越来越频繁。主要是靠费先生帮忙。费先生负责运纸箱和装罐用的玻璃瓶来,然后再把包装好的产品运走,帮她们推销、贩卖,从中赚取提成。他老想跟她们聊聊外面的世界都发生了什么事。潘潘说,要是有好的机遇,他说不定会成为政治学家呢。他做推销员纯粹是生活所逼,只要有人肯听,他就会跟人讨论世界局势。对于缇莉和潘潘的反应,他觉得简直不可思议。"你们怎么能对什么事都没有意见呢？"他总会无比愤慨地这样问她们，"我能原谅一个聪明人发表错误的意见，可你们怎么能完全没有意见呢？"

"我们根本不知道你在说什么啊，又怎么可能会有意见呢？"潘潘柔声说道。

"你们这两位女士，要跟得上外面的形势啊。"费先生叹道。

"为什么？"缇莉脾气暴躁地反驳道，"跟上形势又有什么好处？听你说了这么多，我倒觉得现在每时每刻都在发生好多事情，好像每个人都想了解别人做的每一件事。可他们要这么多信息干吗？他们能从中得到什么呢？只是平白搅乱自己平静、安宁的生活罢了。这么说来，现如今都没有人拥有平静、安宁的生活了。电视？哼！收音机？哼！报纸杂志？哼！哼！听起来活像这个世界里尽是些功败垂成的半吊子，大家都拥抱着自己那点小小的信息，还为之振奋不已。每天都好需要它啊。振奋，振奋，振奋。哦，救救我吧。这是会传染的，就像口蹄疫一样。希望你还没被传染上，可别在我们这里到处乱走。"

"真滑稽，"费先生无奈地说，"你们这两位女士，真是古怪。"

"是啊，是啊，"缇莉说，"古怪的曼纽托姐妹嘛，我很清楚别人是怎么议论我们的。现在请你慢点开车，经过那些凹凸不平的路段时，别把那些蓝莓罐子震碎了。"

"我会小心的。对了，我有没有跟你们提过新上任的第一夫人的计划？"费先生问。他再一次试图跟她们解释，当今政府想要改善医疗体系。但是缇莉说，她反正没打算生病。

"可是……"潘潘对瑞琪和哈波说道。这会儿她们都坐在门廊上，潘潘记起了一件事，回忆了一会儿。三人不断地递东西给哈波吃，希望哈波能消停几分钟别谈网络。潘潘和缇莉已经习惯安静的瑞琪了，瑞琪的存在就像家里多了一个鬼魂似的。然而要想习惯多话的哈波，那就完全是另一回事了。"再吃一个无花果吧，哈波。我刚才说到哪儿了？哦……可是，后来缇莉真的生病了，她总埋怨是费先生把他的想法塞进了她的脑袋。她病得很严重，我不得不开车去镇上请医生，老大不愿意地把缇莉丢在家里。我请来的医生正是理查森大夫。

"由于森林里的一次意外，理查森大夫的一只胳膊比另一只正常的胳膊长了七八厘米——是别人出了意外，不是他。有一天理查森大夫接到电话，要他火速赶到一处伐木工地，那儿有一个伐木工人出了意外。工人从树上跌下来的时候，被外套缠住了喉咙，把自己绞住了。不知道是怎么搞的，他就那样摇摇晃晃地吊在树上。唯一的办法就是站在他下方的树干上先撑住他，可是却没有人长得那么高。直升机已经在飞来的路上了，但可能等不到飞机来，这个工人就会惨遭绞死。于是大家请理查森大夫过去，心想到时证实死因时，横竖用得上他。

"理查森大夫飞快地赶过去了。他到达现场的时候，那个伐木工居然还奇迹般地活着。理查森大夫没准是这片森林里最高大的男人，他有两米多高，长得有点像亚伯拉罕·林肯。现场没有人能接近那个受伤的工人，从而救他一命。大家都想不通那工人当初是怎么爬上那么高的，当理查森大夫赶到的时候，大家还都围在树下方的空地里站着，猜测个不停。

"'快扶我爬上去。'理查森大夫喝道，仰头往树上瞧。

"'大夫，没用的，'围观的一名伐木工说，'他没救了。'

"'胡说！'理查森大夫骂道，'这里只有我才有资格宣布谁有救还是没救。快扶我上树！'

"于是大家扶着他往上爬。他们本来想借他一双防滑鞋的，可是没有人的脚有他的那么大，而且时间也来不及了，那个吊在半空中的工人几乎是在大口地吸着最后一口气。

"'你要干吗？你那个黑包里有什么仙丹能起死回生吗？'一名伐木工问道，大家眼看着理查森大夫的双脚消失在大树的枝干中。

"'不是，你这该死的白痴！'理查森大夫怒道，'我要爬到离他最近的位置，想办法从下面撑住他，让缠住他脖子的外套松开一点，以便等待直升机过来救援。我想我的身高应该差不多——'他一边爬一边喘着气，同时还高声地跟下面的人喊话，'我应该能碰到他的鞋底，从底下撑住他。'但其实，理查森大夫也还是不够高，他还差了七八厘米。不过那也阻止不了他救人的心。他左手抓着树干，右胳膊尽量往上伸着，一直伸，一直伸，直到他绷得死紧的胳膊都快脱臼了，他的手掌才碰到了那人的鞋底。然后他把那名工人撑高了一点点，让缠住工人脖子的外套终于松开了一些。在接下来的整整一个小时中，理查森大夫就以那样危险的平衡状态站着，直到直升机赶到。有人拽着救生绳索从直升机上下来，这才解救了那名伐木工和理查森大夫。事后，那名工人除了脖子有些疼之外，什么事也没有。可理查森大夫却拉伤了一条韧带，当时他竟然没有察觉。出院的时候，理查森大夫才发现自己的右臂比左臂长了七八厘米。不过要是你问起他这事，他准会嗤之以鼻地说：'我的黑包里有什么仙丹？那帮该死的白痴！'理查森大夫就是这样的人。"潘潘说完了。

缇莉猛翻白眼。

电话铃响了，瑞琪起身去接。会是谁打来的呢？杭莉叶已经说过有一阵子不会打电话来了。

"甜心，你好吗？"电话那头杭莉叶快活地说道。

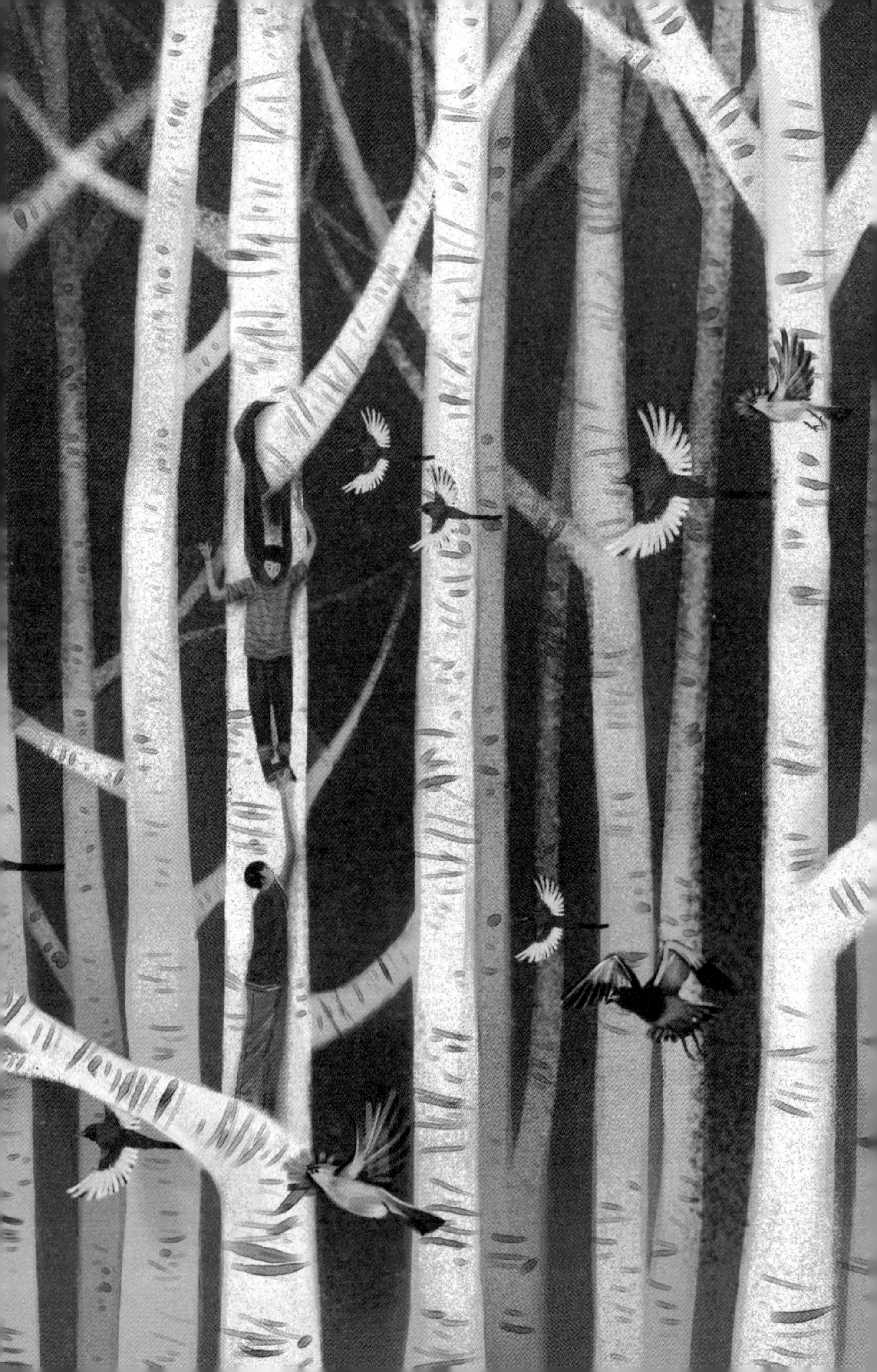

甜心？杭莉叶以前从来没这么叫过瑞琪。瑞琪的心中不禁闪过一个念头，难道妈妈真的病了？

"我很好。"瑞琪小心翼翼地答道。

"我非打电话过来不可。我正在跟哈奇聊天，他在做晚饭给我吃呢。我告诉他当妈妈是怎么回事，他就说我肯定很想念你。"

"谁是——"瑞琪很想问，但杭莉叶似乎一心一意要自问自答。

"哦，你当然玩得高兴啦。"杭莉叶兴奋地说道，"划独木舟，游泳，坐在篝火旁聊着伟大的作家……潘潘姨婆就是伟大作家的忠实读者，不是吗？"

"划独木舟？"瑞琪疑惑地说道，可马上又被杭莉叶打断了。

"在缅因州过夏天，这听起来真像一本小说，是不是？'想来我认识这座森林，林主的庄宅就在邻村。'①潘潘都种了些什么花呢？告诉她，我建议她一定要种上蜀葵。要是我有个花园，我就会在房子四周全都种上蜀葵。噢，老天，哈奇已经把菜端上来了，我得挂了。"说着杭莉叶就挂断了电话。

瑞琪握着话筒，呆呆地站在原地。

"你妈妈还好吧？"瑞琪走回来的时候，潘潘问道。

---

① 此为美国诗人弗罗斯特（1874—1963）的名诗《雪夜林畔小驻》中的诗句。这两句诗所引用的是诗人余光中的译文。

"你知道自己只说了'谁是'和'划独木舟'这几个字吗?"哈波说。

我还说了我很好,瑞琪心想。

"哦,还有'我很好'。"哈波说着皱起脸来,一边回想着刚才瑞琪打电话的情形,一边把餐桌上所有的坚果吃了个遍。

"缇莉上哪儿去了?"瑞琪问道。缇莉早已逃回房间休息了,她可受不了潘潘没完没了地说起理查森大夫。但潘潘想转移一下瑞琪的注意力,反正缇莉也不在眼前挑剔她的用字措词了,于是她就继续讲述第一次遇到理查森大夫时的情形。

其实以丁克镇这样的小镇来说,有一位大夫常驻是不太寻常的。理查森大夫拿的是伐木公司和锯木厂给的工资,因为伐木工总是需要医生的。他主要负责治疗伐木工的各种病痛,从他们脚上长的真菌到心里的寂寞。他了解森林里的每一样事物。潘潘觉得他就像森林里的国王,照管着一切。他看起来要比实际的岁数年轻,靠着跃过倒下的巨大雪松,以及爬到树上救出卡在树干上的伐木工来保持身手矫健。伐木工在森林里发生的各种意外,都需要一个身手极为敏捷、肠胃尤其强健的医生来处理,而这两个条件理查森大夫都具备。潘潘第一次见到他,是在缇莉生病的时候。她心慌意乱地开车去镇上找医生。当时理查森大夫正在跟妻子喝咖啡,可他立刻就出发了,坐进那辆克莱斯勒车子的副驾驶座。但潘潘开了还不到一公里,理查森大夫就要求她停车,跟他交换位置。

"你是因为这会儿太心烦意乱,还是向来开车就这样?"他问她。

"两个原因都有。"潘潘老实答道,"从来没有人正式教过我和缇莉开车。我练习的机会也不多。缇莉的技术比我好得多,总是由她来开。"

一路上他们都没怎么说话,直到理查森大夫突然说了这么一句:"这儿怎么那么多熊?"

"可能是因为有蓝莓吧。"潘潘答道。

"哦,你们就是蓝莓小姐啊!"理查森大夫说着,兴味盎然地打量着潘潘。

"我们真的很讨厌这个称呼,"潘潘说,"你还不如叫我们古怪的曼纽托姐妹。人们都不理解我们干吗要孤零零地住在那么偏僻的森林深处。"

"我喜欢森林。"理查森大夫说,"我在波士顿的同行也不理解我干吗要待在这个鸟不拉屎的地方,他们也觉得我很古怪。"

潘潘立刻对他产生了好感。等他治好缇莉之后,她就

121

更喜欢他了。

理查森大夫在缇莉的房间里待了一段不长不短的时间，长到足以诊断病情、进行治疗，但又不至于让缇莉感到威胁、生怕他搬来同住。他的同情心也恰到好处，足以让缇莉感觉受到了良好的照顾，但又不会多到滥情、傻气或者烦人。

最后他终于提着那个黑包走下楼，来到潘潘紧张地来回踱步的地方。

"她这是心脏病发作了。"他说。

"哦，亲爱的上帝。"潘潘叫道。

"以她的年纪来说，这并不令人惊讶。"他说。

"请原谅我，我觉得惊讶极了，"潘潘说，"这完全出乎我的意料。你绝不会想到自己认识的人会心脏病发作……也许，除了费先生以外。"

"费先生？嗯，他还年轻。"

"他很胖，"潘潘说，"谈到激动的话题时，他那张脸可红了。"

"不过他还没到八十岁。不管怎样，我明白你的意思了。"理查森大夫说，"你真的很震惊。喝杯酒吧。"

"不了，多谢。"潘潘说，"酒比较对缇莉的胃口。"

"不要？哦，好吧。那如果你不介意的话，给我来一杯吧。"

潘潘走到酒柜前,笨手笨脚用钥匙打开柜门,为理查森大夫倒了一杯雪利酒。他望着酒杯说:"原来这就是你们所谓的酒啊。"说完他便仰脖一口干了。

"再来一杯?"潘潘问。

"不,谢了,我还得开车。"他意有所指地说。

"噢,真糟糕,我真不愿意把缇莉一个人丢在家里。"

"没事,"理查森大夫说,"我打个电话给我妻子,叫她来接我。"

"我们的电话打不出去,"潘潘说,"只能接不能打。"

"呃?我从未听说过这种事。"理查森大夫说。

"真的。那时我父亲觉得这是个好主意,但他改电话线路的时候,可能没料到缇莉有一天会心脏病发作。当然了,那时缇莉才不过十二岁。"说到这里潘潘突然热泪盈眶,她似乎直到此时才发觉缇莉已经不再是个小女孩了。她眼前浮现出那些纠结的白发和皱纹,仿佛才蓦地明白了其中的意义。老年已然悄悄来到,本来有一些有趣的小变化——最早出现的几根白发,驼背的身体等——转移了她们的注意力,后来却变得既不愉快也不新鲜。她们不会再年轻了,永远也不会再年轻了。她们的青春,她们的青春,逝去了。青春在这偏远孤绝的森林里极度安全,但却没有人看得见。

她们应该活在时间之外才是。如果没有人曾看见她们走过岁月，那她们就不该已经走过了才是。潘潘想，独自躺在楼上的缇莉会不会也跟她一样，突然察觉到了这回事呢？

"我得送你回去，实在没有别的办法了。好吧，我们这就出发吧，我不想太晚才回来。缇莉刚听说了那么可怕的消息，我不能丢下她一个人等到天黑。"

"要是她再发作的话，马上给她吞一片阿司匹林，明白吗？"

"是为了止痛吗？"

"不是，不是，阿司匹林可以溶解栓塞。"

"栓塞？"

"记得给她吃一片就好，好吗？"

"哦。可我怎么知道她是心脏病发作了呢？这次我就不知道啊。"

"只要你有一丁点怀疑，就给她吞一片，不会伤害她的。还有，你说得对，她的心脏病也可能会无声无息地发作。甚至她很可能已经发作过几次了，将来还会再发作。或者，她也可能会有症状，但她不肯告诉你。你只要尽力就好了。"

等理查森大夫开着潘潘的车回到他家后，潘潘再掉头独自开回家。她感到很落寞。但她想，即使她和缇莉住在一个热热闹闹的家庭里，她也仍旧会有这样的感觉。开车回到灾难爆发的家，总会令人分外落寞。

在那之后的几年里，缇莉的心脏病又发作了几次。每次潘潘都会给她吃阿司匹林，然后来回踱步，然后再出门请理查森大夫。大夫会开着自己的车跟在她后面。心脏病发作的次数越多，缇莉就变得越容易疲倦。不过潘潘和理查森大夫并没有傻到建议缇莉去住院。为此潘潘非常感激理查森大夫。有一天潘潘醒来时，发觉自己已经爱上他了。缇莉最近一次心脏病发的时候，潘潘的心情几乎是高兴的，因为那是两年来她第一次请他出诊。以她这样的年纪，还能对一个比自己年轻二十岁的人抱有如此强烈的情感，这真是让她既心烦又欣喜。

"你不觉得奇怪吗？我竟然从来没有心脏病发作过。"有一次，她给理查森大夫倒雪利酒时这么问道。大夫正以一贯不屑的眼光打量着那酒，在他心目中，只有威士忌才称得上真正的好酒。

"你为什么也应该心脏病发作呢？"他边问边收拾黑包准备回家，直到下次危机发生时再来。

"缇莉和我一直都很亲近，你知道的，我们俩是双胞胎，做什么事都在一起。"

"我怎么也想不到你们俩会是双胞胎，显然你们并不是同卵双胞胎。"

"对，对，缇莉和我有天壤之别。"

"好吧，那我想这就是原因。"

"可是，我们是打算一起死的。"潘潘说着。令她尴尬的是，一滴泪水顺着她的脸颊流了下来，她突然想到缇莉距离死亡似乎比她近了许多，"我的意思是，缇莉的身体状况好像比我差很多，老得也比我快。"她心中总是暗暗以为自己看起来比缇莉年轻得多，但一想到缇莉的日子不多了，又一颗泪珠就滚落下来。她抹眼泪的时候，很想知道理查森大夫是否注意到了，她的模样比缇莉要年轻很多。

"哦，这谁也说不好。"理查森大夫这么说道，"你可能会突然中风，或者患上严重的冠状动脉栓塞，然后砰的一下就完蛋了，比缇莉这样慢慢的恶化还要快得多。我见过有人心脏病发了好几次还能撑上好几年。问题是心脏的肌肉慢慢受到了损坏，它就得更卖力地工作才行。注意看她有没有水肿。"

"水肿？"潘潘重复道，可她的心思却并不在水肿上，反而不断想到严重的心脏病发作，然后突然就没命了——就像关灯一样。这种事她以前从未想过，此刻她整个人都仿佛瘫痪了。

"水气排不掉，意思是说心脏运作得不太好，整个系统大不如前了。"理查森大夫继续说道。

"我会当心她的。"潘潘无力地说道,送他到门口。

瑞琪觉得有些事情挺微妙的,比如潘潘刚讲了那么些关于理查森大夫的事,当天下午缇莉睡醒午觉起来的时候,他的名字就又被提起了。那会儿有人敲门,缇莉走过去开门,见门口站着一个陌生人。缇莉以前没见过麦迪生小姐,以为她不是早就在去加拿大的路上,就是已经到那儿了,所以缇莉还以为突然每个从丁克镇出来的人都开始拐错岔路了呢。她很高兴不是潘潘来开门,否则她们的空房间很快就要没了。

"你走错路了!掉头回去!掉头回去!"缇莉对麦迪生小姐说。麦迪生感到有些意外,但她在短短的生命中可能经历过太多意外,不太容易受到惊吓了,她只是说:"我来接哈波。"

"哦?"缇莉说,"你就是哈波的……呃,监护人?"

"是啊,就是我。能不能请你告诉她把行李收拾一下……"

缇莉点点头,让麦迪生小姐坐在客厅的凳子上,这才进房间去找哈波。潘潘看见麦迪生小姐来了,叫道:"哦,老天爷,你回来了!"

"是啊,我来接哈波。"

"哦,这样最好了。你是不是开到半路又发觉自己还是很想念她？丢下一个孩子不是那么容易的，对吧？"

"是啊，没错。"麦迪生小姐说着抹抹鼻子，她感冒了，"不过，其实我还没有上路呢。把哈波留在这里之后，我就开车穿过森林。结果一头熊跑了过来，撞上我车子的正前方，把一个头灯撞坏了。我都快被吓傻了，只好到镇上去找修车厂。可就在等待修车的时候，我居然开始阵痛，痛得身体都卷成虾米了。修车厂的老板娘就打电话给镇上的医生。"

"理查森大夫？"潘潘说。

"对，就是他。"

"他是个很可爱的人。"

"随你怎么说。他来了之后，把我带到诊所去检查，说我血压太高，必须每天躺在床上休息半天。他还说我不能再开车了，否则小宝宝可能会早产，而且我可能会在去加拿大的路上就生，所以，我现在暂时住在镇上的宾馆里。"

"在丁克镇上？"

"是啊。"

"想象不出来老板会是谁。"

"是啊。我就想，既然我得待在这里一阵子，不如把哈波接过去。"

"啊？"

"我也没钱住宾馆。"

潘潘心想，又来了一个。"那你要不要住在这儿？"她问，"毕竟你已经到我们家门口了。"

"不，谢了。"麦迪生小姐说，"我不是说你不好，可这个地方让我浑身起鸡皮疙瘩。"

哈波和缇莉来了。哈波拖着行李箱，一脸如释重负的表情。

"哦，不管怎样，谢谢你们收留她。哈波，你还有什么话要说吗？"麦迪生小姐问道，站起来把一只手放在肚子上。

"我干吗非得说点什么？"哈波问，"又不是我主动要来的。"

"说句话吧，哈波！"麦迪生小姐催道。

"这几天真好玩。"哈波说着便拎起行李箱和麦迪生小姐走下台阶，两人并没有再交谈。

后来，吃晚饭的时候潘潘对缇莉说："她好像根本不用跟哈波解释什么似的，就像根本没必要似的。"

"我多少猜到会是这样了。"缇莉说，嘴里嚼着第二块鸡肉。哈波一走，缇莉的胃口顿时变好了。"说到底，如果哈波的妈妈或者姨妈或者什么的，决定把哈波留在身边，那哈波又能有什么选择呢？但是，她应该有选择才是啊。我不是说希望她长住在这里，我想说的是，她应该有自己的选择。把她随处乱丢是不对的。"

"嗯，人在冲动时总会犯错，说不定把她丢在这里不过是其中一个错误。也许这会是麦迪生小姐最后一次抛弃哈波吧，但或许这只是那个女人雷达银幕上的一个光点罢了。不过，谁都会做出一些糟糕的决定，而且她还怀孕了。有人说怀孕的女人就是会有些疯疯癫癫的。"

"我可不会做什么糟糕的决定，而且她这样做是不对的。"缇莉说得很坚决，她走到酒柜前拿出一瓶薄荷甜酒，"我担心那个女人还会再次抛弃哈波，只不过这一回是丢在去魁北克的路上。因为这事，我肯定会整晚在床上翻来覆去睡不着，这实在是太让人恼火了。"

"我也很担心。"潘潘说着，站起来收拾脏盘子，"可是，我也不知道该怎么办。"

然而，缇莉和潘潘实在不需要担忧，因为两天后哈波就又回来了。当时瑞琪正趴在卧室的窗户往外看，看到一辆车子开进了院子。那是一辆又旧又破的四门车，一个肚子很大、看起来有些疯癫的女人从车里走了出来。瑞琪猜想她应该就是麦迪生小姐。女人及肩的头发纠结在脸的四周，嘴里喃喃地念着："熊，熊，熊。"她用力地打开后备厢，等着哈波把行李箱从里面拿出来。随后她关上后备厢盖，钻回车里，砰地关上车门就开走了。

哈波站在院子里呆呆地注视着房子。瑞琪知道缇莉正在睡午觉，潘潘则穿着防蜂衣在照料蜂巢。瑞琪一直觉得养蜂是件很迷人的事，总想去看看潘潘是怎么做的，问几个问题，可她又不希望太麻烦潘潘。她纳闷着哈波什么时候才会走进屋里来，但哈波只是继续在院子里站着，一脸的犹豫不决。瑞琪深吸一口气，下楼来到门廊上。虽然瑞琪是个很安静的小女孩，但自从来到玫瑰幽谷，她得到了前所未有的大量关注，而且也已经习惯这些关注了。她察觉到了，像哈波这样比她更有主见的女孩，必然会让她黯淡无光。这个想法让瑞琪的心里有些焦躁。

哈波正用手背抹着鼻子，她不知道瑞琪正站在门廊那儿看着她，正拼命想着到底要跟她说些什么。过了一会儿，哈波抬起头来，才突然注意到了瑞琪，她不禁叫道："哦，上帝！别那样偷看别人好不好？"

"缇莉在睡午觉，潘潘在花园里照顾蜜蜂。"瑞琪怯怯地说。

"唔，"哈波喊道，"真是盛大的欢迎仪式啊。"她把行李箱拖过院子，拖上台阶，然后找了张椅子坐下来。"我饿扁了，还没吃午饭，而且我们是一路从德利镇开过来的。"

"你们到德利镇去干吗？"瑞琪问。

"询问别的医生的意见。麦迪听说德利镇还有一位医生。

131

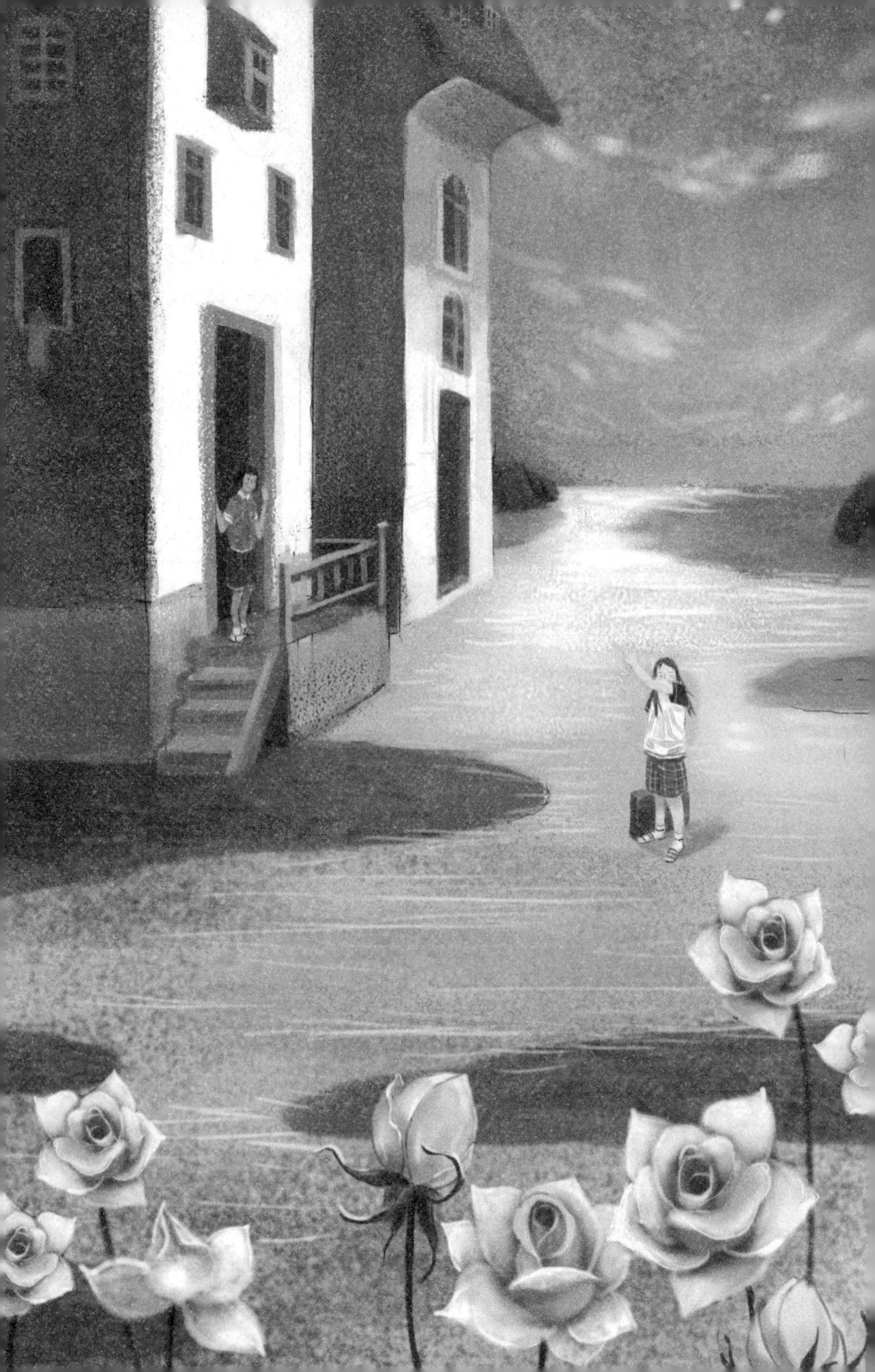

她在床上躺腻了,而且她说光是躺在那间管吃管住的房间里,收费就贵得不得了。她认为老板娘在敲她的竹杠——一个房间加两顿饭,一天就十五块,房里还没有浴室。那老板娘说,她可不想看见麦迪的羊水破了,洒得她的木地板上到处都是。"

瑞琪完全不明白哈波所说的"羊水破了"是什么意思,总之听起来很危险就是了。

"麦迪不断地跟我说她有多么多么爱我,她总是这么说,还说自己怎么受得了就那样让我走。她甚至都哭了。我并不惊讶。我知道她犯了一个错,一个大错。从她第一次开车走掉的时候,我心里就这么想。"

瑞琪什么话也没说,虽然她很想知道从麦迪说爱哈波,一直到哈波再次回到玫瑰幽谷,那段时间里究竟都发生了什么事。哈波瞅着瑞琪,仿佛猜到了她的想法似的,接着说道:"一切都只是因为我想要一件泳衣。她把我带去德利镇,是因为不想独自开车上路,理查森大夫说过那样会很危险。我们开车去的时候,我就问她能不能帮我买件泳衣。我小的时候,麦迪在工厂还有一份工作,让我去上过游泳课。后来她把工作丢了,老是要打零工,于是我就再也不能上游泳课了。学校里有一个可以免费参加的游泳队,可麦迪还是说太奢侈了,好像那些二十块钱一件的泳衣是钻戒还是什么的。后来我想靠替别人照看小孩来赚钱，但那些大人却说他们的孩子不喜欢我——那些爱挖鼻孔的臭小鬼——之后我就再也没找到过工作。

"到了德利镇以后，麦迪的情绪很激动。一想到德利镇的这个大夫对于她的血压可能会给出不同的意见，她就兴奋得不得了。我跟她说，她当初要是给我买了泳衣，我就可以跟你们去游泳了。我还说，缅因州的人谁没有一件泳衣呢？她也很高兴，说看完医生后，我们没准就能去买件泳衣庆祝一下。如果血压没问题，能省下住宾馆的钱，她还可以给自己买几件生完孩子后穿的衣服。对于身上这件二手孕妇装，她已经厌恶透顶了。然后她给了我一块钱，让我下车去买冰激凌吃。

"过了一会儿，我正在店里吃薯条呢，她气呼呼地冲进来坐下，说什么我们该走了。我说那我的泳衣呢？她就说：'泳衣，泳衣，你就从来不会想点儿别的事吗？'她说我总是问她要这个要那个，都快把她烦死了。其实她只是厌倦我了，就是这样。后来我一路上问了好几次：'你的血压还是很高，对不对？'起初她什么也不肯说。最后她终于说：'是啊。嘿，听着，这样真的行不通。'她的情绪经不起这么折腾，但又不是我害她这么激动的。她又说为了宝宝的健康，或许我还是应该在这里多待一阵子，等她想到办法再说。然后她就一副心事重重的样子,路上好多熊从车子前面跑过,她却连眼皮都没眨一下。怀孕的女人真是疯狂,我以后决不生孩子。"

说完哈波走进屋里,上楼到她以前住的房间,把行李箱砰的一声摔在床上。她下楼时穿着T恤和裁掉裤管的短裤,说道:"我要穿这身去游泳,你去吗?"

瑞琪摇了摇头,随手拿起一本书来读。她想,如果把泳衣给哈波,那自己就可以穿T恤和短裤去游泳了,那样她们俩都会很快乐。可是,那样做又好像对买泳衣给自己的潘潘和缇莉不太好。

晚饭后,哈波再把整件事情的经过跟潘潘和缇莉讲了一遍。看到她回来,她们俩似乎一点也不意外。潘潘说:"就是嘛,德利镇的医生当然也会是同样的观点,理查森大夫可是非常棒的医生。"

缇莉翻了个白眼,迅速干了两杯薄荷甜酒,好换个话题。她问瑞琪:"你一下午都做了些什么?"

"我读了一本在图书室里找到的书,书名叫《名利场》……"瑞琪开口正要往下说。

潘潘插嘴道:"哦,我很喜欢那本书。让我想想,那本书我读过三遍还是——"

哈波惊叫着打断了她:"天哪!我绝不会把什么书读

三遍的。那样有什么意义呢？看完一遍不就知道结局了吗？"

"父亲的那些藏书，潘潘几乎都读过三遍以上。"缇莉说。

"有些还读了四遍，"潘潘说，"或者五遍。我先把所有的书都读过一遍，然后再重新从 A 打头的书开始读。父亲喜欢按照英文字母的顺序来排列藏书，我们也一直保持原样。第二遍读起来就快多了，因为你知道接下来会发生什么事，就不会读得那么仔细，通常只会一扫而过。"

"你们为什么不到公立图书馆去，借几本新书回来看呢？"哈波问，"德利镇就有一家公立图书馆，我们在去找医生的途中看见过。"见潘潘和缇莉一脸茫然的样子，哈波又说："我的老天爷，这又是跟网络是一样的情况，是不是？"哈波详细地解释了公立图书馆的概念。等她说完了，潘潘说："噢，我可不能那么做。读了人家那么多书又不给钱，不是在骗人吗？"

"我倒觉得，是你们根本不知道怎么找乐子。"哈波没好气地说，随手抓起最后一块树莓酥皮点心。

"要不然，以后我们每个月开车到德利镇去借一次书吧，缇莉？"潘潘说得很没把握。

"路很远啊。尤其是冬天，那条岔路有大半时间都过不去。能过去的时候，我们又得去购买生活必需品。"缇莉说。

"但夏天和秋天我们还是可以去的啊。"

"随便你吧，潘潘。"

"好的。可是，只有你能开车啊，缇莉。"

"说到开车，潘潘，你到底要等到什么时候才教这两个小女孩？"缇莉问道，"从瑞琪到这儿来，你就说她应该学会开车。现在哈波也回来了，两个女孩都应该学。不然明天就开始吧？"

"哦，是啊。"潘潘说着又给自己倒了杯茶，一不小心洒在了桌布上。

"太帅了。"哈波兴奋地说。

瑞琪没有说话，她不想学开车。真要学的话，也行。只是，她不想担负开车送大家的责任。要是她把车子开进沟里，害得大家都被熊吃了可怎么办？

之后大家便上床睡觉了。瑞琪整夜都在做梦，梦到了熊、大夫，还有穿着小小的泳衣出生的宝宝开着小车车。

The Canning Season

8
夏季无比美好的一天

第二天，瑞琪醒得比平常还要早。她已经习惯了在黎明起床给母牛挤奶，再把奶油分离出来。起初她觉得这样做很困难，但现在她每天都吸足了海边的空气，也做足了运动，晚上就睡得比较早。她已经开始享受早晨这段独处的时间了。来这里之后，有一件事一直让她不太习惯，那就是身边随时都有人。以前只有她和妈妈，而且更多时候她是孤单一人。现在身边总是有人，总会一起吃饭，真的很累。即使她一个字都不想说，也必须跟上大家的谈话和行动。但清晨却是一片静谧，她总是能独自在这万籁俱寂的宇宙中待上一小段时间，静候一天的骚动开始。在这样的时刻，她仿佛听得见时光滴答作响的声音，能看到那最核心的生命，那口众人不知为何总会知道的泉水井，之后它的寂静便为噪音所掩盖。

今天清晨，瑞琪甚至在黎明之前便醒了。潘潘养的老公鸡开始打鸣了。黑暗中，瑞琪坐在床边，看着小钟的指针指向四点半，于是她知道大概半个钟头以后就是黎明。她想起了今天就是潘潘要教自己和哈波开车的日子。一想到这个，她一点也开心不起来。她不想坐在方向盘后面，哈波开车的时候，她也不想坐在车里。瑞琪无法想象哈波开车的时候，会有谁想坐在车里。

瑞琪来到外面橘色带着粉红色的晨曦中，她挤好牛奶、清理完谷仓并分离出奶油之后，肠胃已经纠结成好几块了，根本吃不下缇莉煮的燕麦粥，尽管燕麦粥可能对她很有好处。缇莉有些良心不安，虽然她知道瑞琪喜欢早起给牛挤奶，但仍觉得自己推卸了原有的责任。哈波来了之后，缇莉便决定每天做早餐，作为给大家的补偿。可问题是，她实在不怎么会做饭，她的舌头也不大能尝出各种味道的差别。她煮的燕麦粥不是稀得像胶水，就是像今天这样稠得像灰浆，里面还掺杂着一颗颗发霉的树莓——可见她的视力也越来越不行了。可是缇莉觉得，比起过去她总是记不得吃饭，现在她有心天天做早餐，已经是功德无量了。然而她却从没想过，她做的早餐根本没人想吃。

"我可不能吃这些树莓,都发霉了。"哈波大声说着,把树莓挑出来搁在桌布上。

"请用碟子装一下。"潘潘说,"你这样会把我母亲心爱的桌布弄脏的。"

"我还以为是你母亲自己把心爱的桌布弄脏的。"哈波尖酸地说,看来缇莉已给她讲过母亲自杀的事了。

"母亲用的不是这块。"潘潘说。

瑞琪如释重负地叹了口气,也开始挑出碗里发霉的树莓。她已经担心了好一会儿,怕吃进去会生病。发霉的莓果不会要了她的命,除非她对盘尼西林过敏。但一想到它们会在她的肚子里窜来窜去,她就觉得怪怪的。这会儿她很高兴不必硬着头皮吃下去了。哈波的好处就在这里,她做的事情一开始总让人觉得不敢相信,认为她非常无礼又讨厌,但那却是你心里希望自己能去做的。一旦大家明白哈波只是坚决想说出真话、一吐为快,那她的话听起来就不再那么刺耳了。哈波的灵魂似乎没有任何隐秘的角落,她也不允许别人的灵魂有阴暗之处,这样做的结果往往就像这次树莓事件一样,她的直言不讳反倒干脆地解决了棘手的问题。

"唔。"潘潘哼了一声,嘴里吃着松饼。这些树莓松饼也是缇莉做的,要想看出这里面的树莓有没有发霉就要难得多了,哈波和瑞琪都没有去碰。"你们今天想学开车吗?"潘潘问。

"当然想了。"哈波说着,又走进厨房盛了一碗燕麦粥。

"很好,"潘潘说,"我来教吧。"

"为什么缇莉不教呢?"哈波问,"她不是技术更好吗?"

"缇莉要缝被子。况且,我对这种事更有耐心。我坐在副驾驶座上,可以进入一种冷静的入禅状态。冷静对于驾驶员来说非常重要,不管你是不是新手。"潘潘说着把腿上的餐巾叠起来,摆出一副佛祖般的庄严面容。

瑞琪低下头来望着自己的大腿。"我真的不太想学。"这话要她说出来真困难。

"干吗不学?又不要你脱掉毛衣。"哈波含着满嘴的燕麦粥说道。

小汤匙啪嗒啪嗒地掉在餐桌上,缇莉气急败坏地瞪着哈波看了很久很久。可哈波压根儿就没有注意,她正专心地把两片涂了蜂蜜的面包片塞进嘴里。直到再次抬起头来抓蜂蜜罐子时,哈波才看到缇莉的表情。"你瞪着我干吗?她不肯学游泳不就是因为这个吗,因为不想脱毛衣?我指出来不过是不想让她再拿这个当借口,学开车是不用穿泳衣的。"

"哈波,你也真是的。"缇莉说着站起来收拾餐桌。

"我怎么了?"哈波无辜地叫道。

"你可以稍微……委婉一些。"潘潘终于说道。

瑞琪双颊滚烫，一双眼睛不知道该往哪里看才好。

"好吧，她不想学就不学吧，反正我已经准备好了。"哈波说着站了起来。

"你去帮缇莉收拾收拾吧，哈波，亲爱的。"潘潘说，"来，瑞琪，我带你去看看车子。"

瑞琪早就看过车子了，但潘潘还是把她带了出去，教她认识驾驶座和仪表板上所有的小按钮及操纵杆。"你瞧，真的没有什么好担心的。一切都很简单，这里又是最好的练车地点，路上都没有车。而且，我们甚至都不用上路，在院子里绕圈就行了。"

瑞琪马上想到了路上的熊。她们一旦开车上路，就得开上很远才能掉头；如果中途要换人开车，就得打开车门下车。她看了看院子四周。在她们晕头转向之前，究竟能在这里绕多久的圈呢？

"我会坐在副驾驶座上，必要的时候踩住刹车。"潘潘说，可这话让瑞琪更加不放心了。潘潘不但胖胖的，还有关节炎，瑞琪实在不敢相信她能在必要时把车刹住。

"瑞琪，"潘潘柔声说道，"我知道，开车可能是一件很危险的事。可你要明白，缇莉有心脏病，将来多半还会发作好几次。而我和她是双胞胎，早已决定一起死。所以，你和哈波要能靠自己离开这里。趁我现在还有力气教，你们一定要快点儿学会开车。这是唯一能让我安心把你留在这里的办法。"

瑞琪点了点头。听到潘潘说把你留在这里时,她觉得非常惊讶,又有点不安。直到这一刻之前,你若问她的意思,她只会说想回家。

"嘿,咱们可以开始了吗?"哈波大喊着从前厅出来,把瓜子吐得满院子都是。

"她就像点着了的爆竹,"看着哈波走近时,潘潘对瑞琪说,"可你却发现自己被迷住了,就等着它爆炸。"

"这样也挺刺激的。"瑞琪说。

"什么挺刺激的?"哈波说着跳进车后座,把嘴里剩下的瓜子吐到车窗外。

"我们正在说,有你在的地方好像一定会有什么事发生。"潘潘把话说得很得体。

"像是某种期望。"瑞琪笨嘴笨舌地寻找着确切的字眼。

"我没有任何期望,"哈波不屑地说,"期望总会把人搞得一团糟。我从来不抱任何期望。拜托,别跟我说我会激发什么期望。"

"好了!"潘潘开心地说道,拿出一本驾驶手册,"哈波,既然你很想学开车,不如坐到前面来。瑞琪,你坐到后面去。这本手册是我和缇莉听说开车一定得有驾照的时候,请别人寄来的。但这书把开车说得好复杂,我们就决定不照着做了，而且好多内容也并不符合我们的情况。不过这回还是让你们按照正确的方法学习比较好。说不定我也能学上一两样呢。我瞧瞧，我瞧瞧，好，我们就从这里开始。"潘潘一边说着一边飞快地一页页翻着手册，"暂停标志。看到暂停标志要怎么做。嗯，说得好像很清楚嘛。当然，我们这一带根本就没有什么暂停标志，连岔路口那边都没有。但你总该知道什么时候暂停。你要是不想跟虫子似的被撞扁在挡风玻璃上，那就得暂停。这一点白痴都想得到啊。等等，就是这里——十字路口的暂停标志。对了，这可能还有点用。德利镇似乎有个十字路口。好吧，这上面说走在右边的人有优先权。嗯。可是，如果四辆车同时到，那么每个人的右边都有人，那时候你又该怎么办呢？这上面又没说。我记得头一次读这本手册的时候，就碰到了这类问题。一切都说得太含混了。再听听这条：如果一辆摩托车和一辆汽车的时速都是八十公里——瞧瞧，你们看出来了吧，这情况绝不适用于我们。我们的车速从不超过三十公里——他们又都必须突然刹车，那么谁会更快地停住？噢，老天，谁会在乎这事啊！这部分也不用看了。我明白了，这书表面上伪装成一本驾驶手册，骨子里其实是物理学。如果是别的时候，它还挺吸引人的，但学车的时候它就无趣极了。我瞧瞧，这上面有什么有用的东西没。没有，真是没有。"

潘潘一脸厌恶地把手册扔出了窗外,两只胳膊抱在胸前。"可别跟缇莉说我把它扔了,她早说过这手册没用。我恨她总是对的,我更恨她知道自己总是对的。"

两个女孩答应绝不跟缇莉透露一个字。

"好吧,"潘潘说,"首先,你要戴上驾驶手套。"

"麦迪可没戴手套。"哈波说。

"淑女都会戴手套的。"潘潘说。

"哦,那我知道麦迪为什么不戴了。"哈波说完大笑起来。

"嗯,或许手套可戴可不戴吧。我们继续。好,这是离合器,这是刹车,这个大踏板是油门,由它带动车子。"

"呜隆,呜隆。"哈波说。

"亲爱的,你说什么?"潘潘问。

"我说'呜隆,呜隆'。"哈波说。

"我听见了,只是不明白是什么意思。"潘潘说。

"那是跑车发出的声音啊。"哈波说,"天哪,欢迎来到二十世纪。怎么启动这个?哦,等等,我知道了。转动这把钥匙,对不对?然后踩油门。我看麦迪这么做过上千次了。"

哈波转动钥匙,猛踩油门,还没等潘潘说话,她又踩了一下油门,车子于是飞冲了出去。不幸的是,它停靠的地方面对着悬崖边缘。潘潘不仅没有靠向前去踩刹车,反而用两手捂住眼睛尖声大叫起来。瑞琪坐在后座,眼看悬崖边缘朝她们飞快地逼近,她张大了嘴,却叫不出声,感觉仿佛有海风灌了进去。哈波发出一种即惊讶恼火又胆战心惊的声音,突然她脚下一动,幸运地踩到了刹车,而不是离合器。车子在距离掉落海中不到两米的地方猛然停住了。瑞琪打开车门滚落到地上,躺在草丛间大口大口地喘气。哈波的脑子很清醒,把车熄了火后坐在位子上喘气,强忍着泪水。潘潘则吓得心脏病发。那是她第一次发作。

当时的情形可一点也不滑稽。后来她们提到这件事,总说当时哈波几乎把潘潘吓到没命。

"我的胳膊,"潘潘说着紧握住左臂,"噢,我的左臂。噢,我的上帝。"她一脸惨白,冒着冷汗,用两手扯着自己的胸膛。哈波看了看她,然后颤声对着车窗外吆喝道:"瑞琪,我想,潘潘大概是……嘿,这位老奶奶心脏病发了。我想她是心脏病发了,我想她是心脏病发了。"她拼命想控制住眼前的状况,想引发别人采取行动,可是她能想到的只是那句话。

瑞琪记起了缇莉心脏病发的故事,赶忙跑进屋里去拿阿司匹林。缇莉随即拿着药瓶跑了出来。她们解开潘潘上衣的领口,给她吞了一颗阿司匹林。然后缇莉说道:"哈波,你挪一下位子,下车或者坐到后面去都好。我要开车送潘潘去看医生。"

"也许你应该去请他过来,缇莉,"潘潘说,"我觉得我

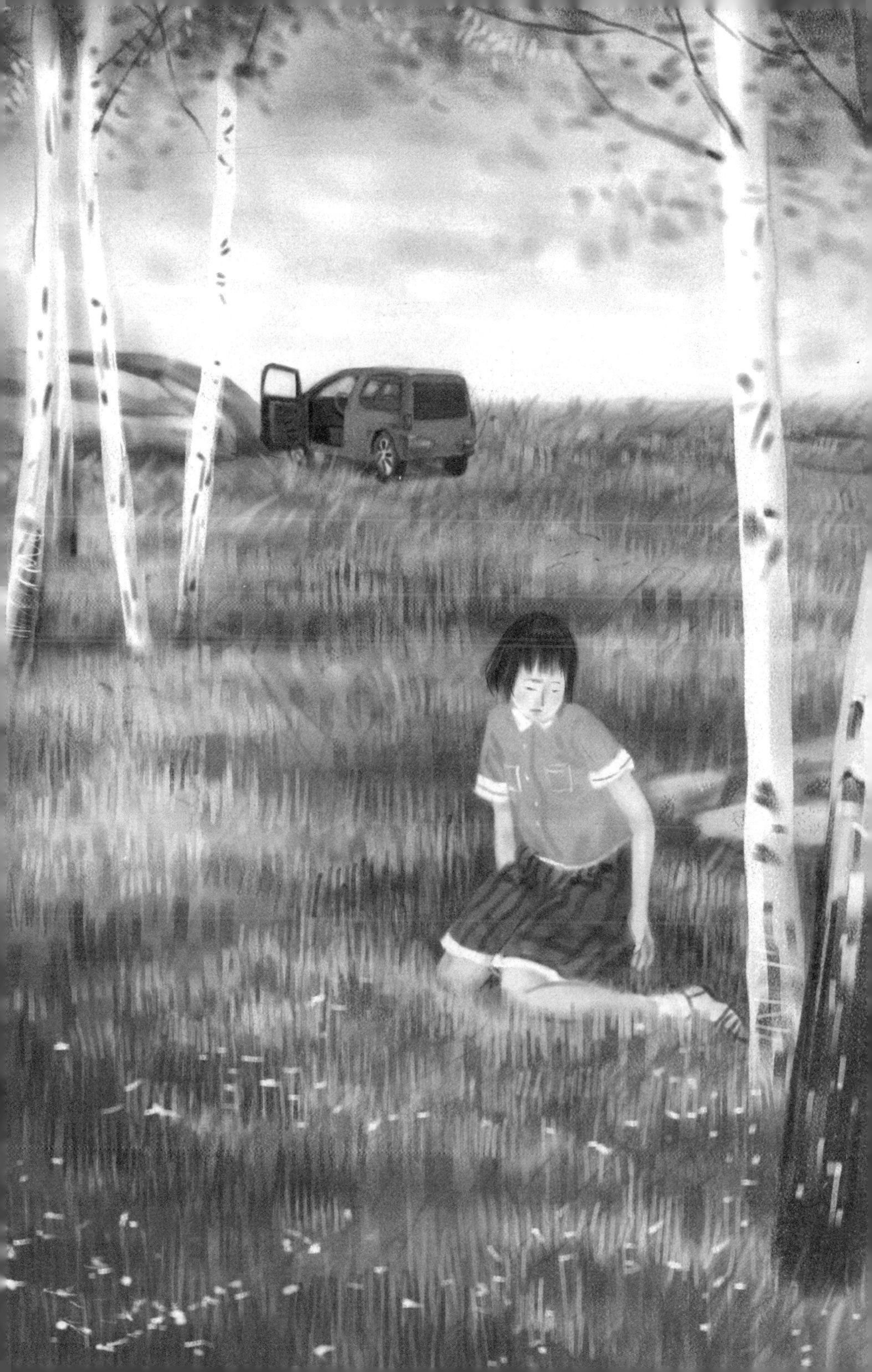

大概经不起这一趟折腾。我真的不行，我感觉好怪。"

缇莉一副快要哭出来的样子，可她还是说："对，当然，你说得对。老傻瓜，老傻瓜。丫头们，快把潘潘扶到屋里，让她躺在长沙发上。我去请大夫。"

哈波和瑞琪好不容易才把潘潘慢慢搀扶到长沙发上躺下。缇莉已经加速离开了——时速远远超过三十公里。"噢，缇莉，拜托你不要超速。"潘潘听见车子发动的声音时，有气无力地说道，"丫头们，快去追她，叫她别超速。我可不希望她在路上出车祸。"

"别担心她了，"瑞琪说，"你要静静地躺着。"

"我去吆喝那个老太婆。"哈波说着跑到外头大吼了一声，"开慢点儿！"缇莉早已不见踪影，不过哈波想潘潘听见她这么吆喝，会以为缇莉还能听见，应该会感觉好些。所以哈波又喊道："开慢点！就是这样！不要太着急！"

"这样好多了，谢谢你，亲爱的。"潘潘说，她躺在长沙发上继续冒着冷汗。瑞琪不知道该怎么办，于是从楼上给潘潘拿了枕头和毛毯，又给她倒了一杯水。

"别给她喝水！"哈波说，"意外受伤的人是不能喝水的。他们可能会失去意识，把水吐出来，结果被自己的呕吐物呛死。"

"噢！"瑞琪忧心地应道，赶紧跑回去把水倒掉，仿佛那是什么有毒物质。她觉得自己应该尽快做好几样事，可是又不清楚还有什么好做,便在长沙发旁边踱过来又踱过去,直到潘潘睁开眼睛说:"别那么担心,亲爱的。缇莉好几次心脏病发,都是由我照顾的,她现在还好得很。"

"她也说不上活蹦乱跳吧,"哈波说,"她的状况并没有改善。"

"可是她还活着啊。"潘潘说。而就在那时候,让瑞琪惊愕莫名的是,哈波竟然泪流满面。哈波一骨碌坐下,毫不难为情地把头埋在膝盖间轻声啜泣起来,泪水沿着她的双腿淌下,她的鼻子也稀里呼噜地流着鼻涕。她都没想过先拿张面巾纸,瑞琪想,只是任鼻涕眼泪流到身上。潘潘说:"不哭了,不哭了。"看起来潘潘好想去拍拍哈波。她的手伸了出去,可是才那么一点距离,她却够不到,手又无力地搭在地板上。这更把瑞琪吓坏了。

缇莉和理查森大夫赶到时,已经过去了三个钟头。理查森大夫把潘潘移到楼上的床上,然后再把哈波带到一边。

"听着,"他说,"我再说一遍,她心脏病发不是你的错。她已经九十一岁了,随时都可能会病发。刚才开车发生的插曲,顶多,顶多是让它比自然发作提早一小时左右罢了。"

"是啊,你说得跟真的一样。"哈波死死地盯着墙说道。

"她心脏病发是因为原本就会发作。"理查森大夫说着,再次试图要哈波望着他的眼睛,但他最终放弃了,因为哈波

就是不肯。

"她只是想迎头赶上我而已。"缇莉说,"当然,她还落后我好几次呢。"

"可别给她灌输这种念头。"理查森大夫说着合上黑包,去拿外套。他是开着自己的车来的。她们送他出门。

"我知道潘潘不该教两个女孩开车,可是她好为人师,我却不喜欢。好个入禅似的冷静,真是的。"缇莉说。

"嗯,人生是危险的。"理查森大夫含糊地说。

大夫开车离开之后,缇莉上楼去安慰潘潘。

"他是位非常棒的医生。"缇莉说。

"对,棒极了。"潘潘无力地说完便睡着了。

接下来的几天,潘潘都待在房里。缇莉记得做饭的时候,哈波和瑞琪就把饭菜端到楼上给潘潘吃。瑞琪很害羞,总不好意思说她们又没吃到午餐。潘潘心脏病发后的头两天,哈波太过沮丧,所以也没提这事。第三天,她们的心情都渐渐平静下来,等到下午三点钟还没有午餐吃的时候,哈波迈开大步,来到外头缇莉为潘潘照顾蜜蜂的地方,说:"在这地方要想吃顿饭,到底该怎么办啊?"

缇莉隔着防蜂头套一脸茫然地看着哈波,可是哈波看不见缇莉的表情,于是断定缇莉不过是吃惊得说不出话来。哈波早已习惯别人因为她而吃惊得无法言语了。"我饿了,"她说,"瑞琪也是。"

"瑞琪知道,只要她喜欢,随时都可以给自己做午餐。"缇莉说。

"没错,可是她不肯。那只小老鼠才不敢呢,"哈波说,"她宁可饿死。又没有人告诉我可以怎么办。我不知道你们两位老奶奶对这种事有什么看法,我可不希望被赶出去,跟那些熊待在一起。"

"没有人会把你赶出去的。"缇莉温和地说完,又忙着照顾蜜蜂去了。她非常担心潘潘,丝毫不为哈波的夸张举止所动。"我马上就去做午餐。"

"到时候就又该吃晚餐了。"哈波喃喃地说道,"好像过去多少年来我从来没给自己弄过午餐似的,我也并没有叫你去做的意思。"

"那么你想不想替大家准备午餐呢?"缇莉问。

"我也不知道。"哈波闷闷不乐地说着,走回屋里。她不知道自己要做饭的话别人会怎么想。她一路嘀嘀咕咕地回到屋里,希望这样缇莉就听不出她说好还是不好了。

"在我们渐渐长大的时候,家里总是有个厨子。我从来没想过年轻小姐可以自己做午餐。潘潘也一样。"缇莉继续说着,浑然不觉哈波已经向屋里走去,"不过要是你已经知道怎么做午餐,又没有别的事情想做的话……问题是我非得侍弄好这些蜜蜂不可,而这又很耗时间。我真不知道潘潘是怎么做到的,都那么大把年纪了。怪不得她会心脏病发呢。"说到这儿,缇莉哭了一会儿。还好身边没人看见,不过隔着头套,别人横竖也看不到什么。等她再转过身去,哈波已经不见了。

"那丫头真是专心不了多久。"缇莉自言自语道,随即把哈波和午餐全都忘得干干净净。直到六点半,缇莉才走进屋里,这时才发觉做晚餐的时间也晚了。好在她们午餐吃得也晚,她这么想着。

哈波回到屋里的时候,瑞琪正拿着一本书要出去。"喔,你不饿吗?你从来就不会饿吗?"哈波问。

"会啊。"瑞琪谨慎地说。

"下面那个老太婆又没有做午餐。"

瑞琪什么话也没说。她本来可以告诉哈波,缇莉之所以忘记午餐,是因为她自己需要极少的热量。可是瑞琪又无法期望需要许多热量的哈波能体会这一点,所以索性不说了。

"她叫我自己做午餐,我打算这么做。"哈波说着走进厨房,"我要进厨房去给自己做午餐了。"

"那我也做一点给潘潘送去好了。"瑞琪说。她一直在礼貌地等着缇莉这么做,可这会儿她明白也许还是别等了,而且潘潘会饿的。

"你总要当圣人。"哈波嘴上这么说,可显然很高兴在厨房里有伴了。她要是自己一个人,仍然会想象有人走进来指责她偷东西吃。"你会做饭吗?"她边问边乒乒乓乓地把所有柜子的门都打开,"嘿,这里什么吃的也没有。"

"都在餐具室里。"瑞琪说着打开通往小房间的门,里面的架子上有不少存粮。

"我要做点重量级的东西,比如一大块牛排。"哈波说着大笑起来。她们煎了几个蛋,用托盘端着送去给潘潘。潘潘已经能在床上坐起来了。

"亲爱的,谢谢你们,"潘潘说,"我很快就可以下床了。然后我们可以重新开始上驾驶课。"瑞琪望向哈波,哈波没有说话,瑞琪无法从她的表情上看出任何蛛丝马迹。

潘潘吃完后,两个女孩帮忙把她扶到窗边的扶手椅上坐下。潘潘走路不用人扶,可缇莉说如果一直躺着而不习惯走路的话,可能会头昏眼花,因此如果潘潘想在屋里走动一下,哈波和瑞琪应该设法走在她旁边照看着。

"当然,"缇莉这么说,"如果她栽到你身上,你就会变成地毯上的一点墨渍。"于是两个女孩知道缇莉也好多了。

那是夏季无比美好的一天。她们都凝望着窗外一只反舌鸟盘旋在花园那一小丛花朵上方,那是潘潘为了剪花才允许种的。"噢,我的天,我的花园!缇莉除草了没有?"潘潘突然惊恐地说。

瑞琪摇了摇头说:"她一直在忙着弄蜜蜂。"

"噢,对了,蜜蜂。"潘潘说,"噢,天哪,理查森大夫叫我在接下来的两个星期内,什么也别做。我倒也不觉得自己已经好到可以去花园干活了,可是两个星期之后一切都荒芜了。我们还得靠这个花园吃饭呢!"

"园艺的事我一点儿也不懂,"瑞琪说,"我分不出哪些是草,哪些是菜。"

"噢,我知道,我知道,亲爱的。"潘潘担忧地自言自语,她压根不曾考虑让瑞琪帮忙。多年以来,她的花园一直受到自己的悉心照料。她认为照顾这个花园的,必须是个专家。

"噢,真是一团糟,我又不愿意要求缇莉。"

哈波突然站起来,愤愤地说道:"噢,那我呢?老天!你们说了半天,好像我根本不在房间里似的!"说完她冲了出去。

潘潘和瑞琪吃惊地看着她走开。"哦,那倒奇怪了,"潘潘终于说道,"我怎么也想不到她会喜欢园艺。"

可是哈波却很爱搞园艺,是个很棒的园丁,非常认真尽责。她是那种不管刮风下雨都照样在外面干活的人,而且手法细腻、内行又精确,这些都是一个好园丁必须具备的。她曾在黑洛克斯镇的小区花园受过很好的园艺教育。在那里,收入仅够糊口的家庭可以以一季十块钱的价格，承租一块地栽种蔬菜，并能得到专业的指导——一位园艺专家每天都会过来巡视每一块菜圃，要是有人问他问题，他便提供协助。哈波可以说是十分幸运，分配到她那一带的园艺专家是一位干干瘦瘦、个头又小的还俗僧人江先生。要是哈波把这件事告诉潘潘，潘潘肯定会觉得刺激极了，可是哈波仍然不会跟人吐露重要的事。江先生起初并不以为哈波是那种会持续整季的园丁。许多人一开始承租小区菜圃的时候，心中都怀抱着伟大无比的园艺计划。可是春天才过一半，他们就发现开垦一个好花园需要花费很多工夫，尤其是当选来做小区花园的那块空地又特别贫瘠的时候，他们就接二连三地放弃了。江先生以为哈波都撑不到犁地，栽种更是别提了。可是到了仲夏他发现哈波还在那里，仍然在勤勤恳恳地照顾她那即将大丰收的豌豆，他顿时感兴趣起来，于是开始给她建议。

其实在那之前，哈波完全吃不到蔬菜。麦迪生小姐无法理解一个人明明可以买芝多司，为什么还要去买蔬菜。她可没时间弄蔬菜，她不喜欢任何需要清洗和烹煮的东西。一想到要切掉花椰菜的茎、洗掉芹菜上的土、削去胡萝卜的皮等等，她就感到恶心。她觉得生马铃薯的模样令人厌恶，莴苣则是一丛捉虫虫的绿叶陷阱。她痛恨蔬菜煮熟以后的味道，觉得煮过之后整间房子都是臭味。但是哈波成长中的小身体却知道自己缺少了什么。当哈波拔出自己一手栽种长成的头一根胡萝卜时，她试探地尝了一口，立刻就吃上了瘾。哈波爱吃蔬菜。在那之后，花园成了她的王国。麦迪生小姐觉得她疯了。

"你干吗空闲的时候都在那里挖泥巴？"麦迪生小姐会这么问道。这时她往往侧躺在扶手椅上，嘴里吃着马铃薯片，喝着健怡可乐，眼睛则盯着电视上的脱口秀节目。哈波认为她只是随便问问，都不搭理。夏天一天天过去，哈波把一桶又一桶的蔬菜带回家，躲在自己的房间里吃。这么一来麦迪生小姐就无法抱怨乱七八糟的菜叶、土或者所谓的臭味了。

哈波向潘潘解释自己对园艺了解多少、在栽种方面都犯过什么错之后，便把双手深深地埋进潘潘的花园，马上就知道该怎么做了。她兴奋地着手打理起来，每一株新生的蔬菜都有如一个小小的太阳系。她深入探究潘潘所做的一切——潘潘在每一株菜旁边种了什么，采取了什么方法预防根部烂掉、虫害以及其他的园艺灾难。她在菜畦间消磨的时间越来越长。潘潘会常常透过房间的窗户观看，偶尔还会跟在下面干活的哈波挥手，可哈波通常都太聚精会神，根本没瞧见。

两个星期慢慢过去，缇莉、哈波和瑞琪各司其职，熟练地分担着家里的工作。当潘潘的身体复原到足以在屋里四处

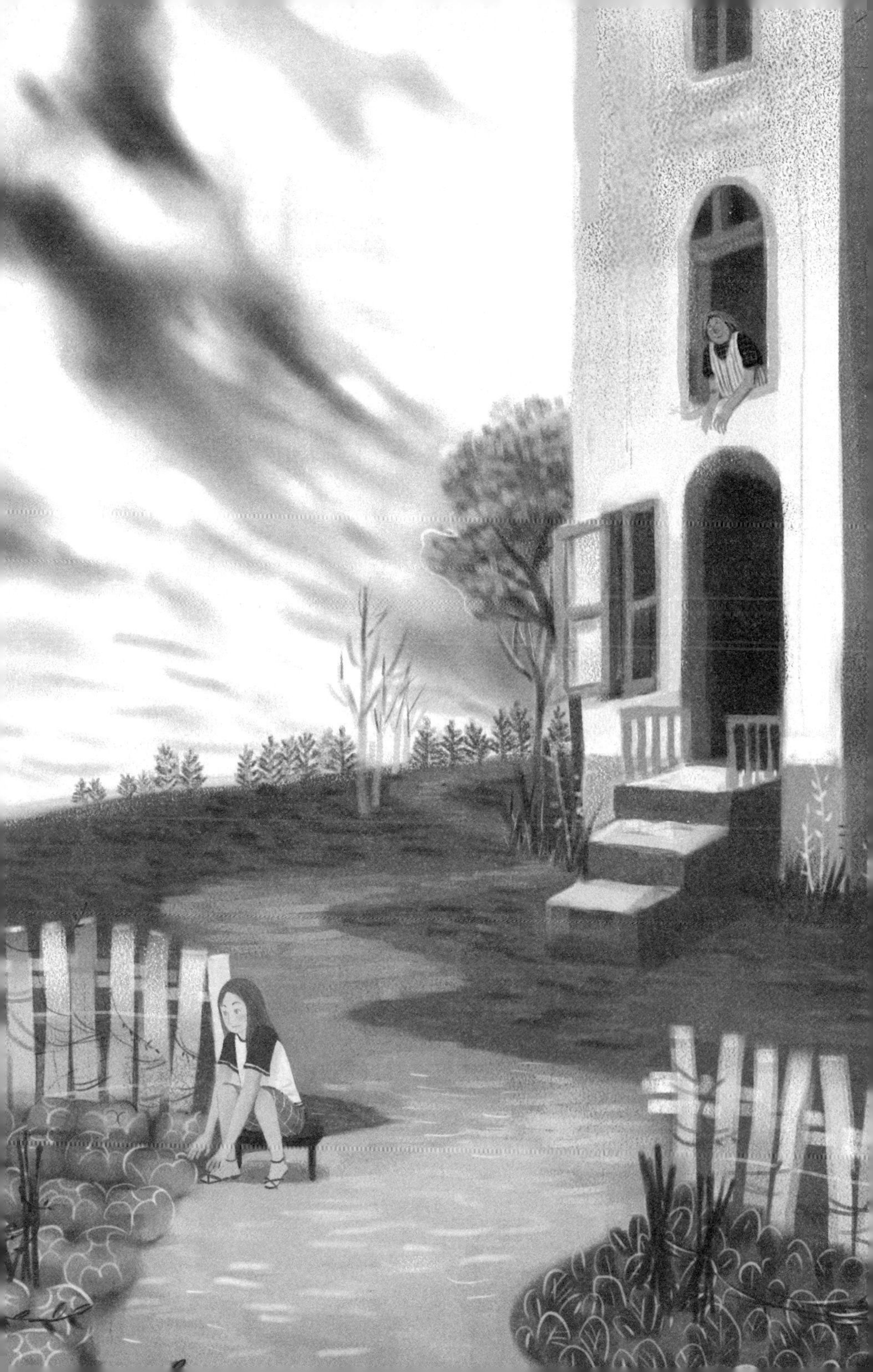

走来走去的时候,她又开始做三餐了。大家都很高兴,因为她们三人虽然应付得来蜜蜂、鸡、母牛与花园,却没有一个人展现出对烹饪的天赋或偏爱,而且每当缇莉煮东西的时候,总会有一些不该混在食物里头的东西出现。

一天晚上,吃过晚餐后,哈波从海里游泳回来,皮肤因为整个下午在花园里干活而晒伤,潘潘把她叫进了房间。

"什么事?"哈波说。

"我要送你一个小礼物。"潘潘说着站起来,拖着脚步走向衣柜。

"哦,是吗?"哈波说着颇感兴趣地望向潘潘的衣柜。

"就是这个。"潘潘拿下一顶软软的大草帽,"现在已经不时兴做这样的帽子了。这顶帽子我已在花园里戴了六十年,是手工做的,可以戴上一辈子。我最快乐的时候,就是一大早戴上它到下面去——去哪儿你是知道的。"

哈波完全明白潘潘在说什么。她知道早晨第一次把双手深深埋入土壤的感受,她还了解泥土被阳光晒得暖暖的感觉,还有傍晚那凉凉的触感,以及烤干的土块和泥土中雨的气味,就像你把手放在自己的心上。

"你都晒伤了,需要一顶帽子。"潘潘说,"我要把这顶帽子送给你。"

"你要送我一顶帽子?"哈波一脸犹疑地说,仿佛无法相信居然有人要送她东西。

"是的。"潘潘说。

"哦,那就看在老天的分上,"哈波说,"别给我已经六十岁高龄的帽子吧。"

哈波一想到那帽子已戴在别人满是头皮屑与汗水的头皮上,戴了整整六十年,她就不禁打起哆嗦来。

潘潘吓了一跳,随即笑道:"哦,可我没有新帽子可以送你。"她说着又变得有些气愤,"再说这可是一顶好用得不得了的帽子,是我用了六十年的园艺帽呢!"

"所以啊,老天!我要的帽子就在网络收藏夹里。一顶软软的宽边草帽,价值二十九块,外加运费,而且没有戴在任何人头上六十年。"

"可是,哈波,我连上哪儿去找你的收藏夹都不知道呢。"潘潘说着,心不在焉地把她那遭到嫌弃的帽子收了起来。

"在因特网上。我得跟你们说多少遍啊,网上什么都能买到。"

"可是,你知道我们没有电脑。"

"哦,我敢打赌理查森大夫一定有。你可以帮我订购一顶帽子。如果你不介意的话,再帮我买一件泳衣。他们可以在四到六天之内发货给你。运气好的话,在麦迪带我去加拿大以前,东西就寄到了。"

"是。"潘潘担心地说。哈波一旦谈起麦迪要带她上加拿大，潘潘就变得很担心，她总忍不住要想哈波会出什么事。如果麦迪生小姐真带上哈波走了，可能又会把她丢弃在途中，丢给什么看似值得信赖的人，可那人说不定不如潘潘和缇莉值得信赖。或者是像缇莉所怀疑的那样，干脆随意丢弃。搞不好麦迪生小姐这回会把哈波一路送到圣西尔孤儿院，而潘潘并不认为对于十四岁的女孩子来说，圣西尔算什么像样的地方。可另一方面，她和缇莉要如何继续照顾哈波呢？等她们不能继续照顾的时候，这女孩又会怎么样？等夏天过去，瑞琪离开的时候，哈波就是这栋宅子里唯一一个年轻活泼的生命，到那时哈波又会有什么感觉？"噢，哈波！"潘潘不由自主地说。

"哦，你怎么想？我们能不能至少开车过去问问他？"

开车到任何地方的想法都不太能吸引潘潘，可是潘潘向来喜欢看到理查森大夫。自她病发以来，他只过来查看过一次。她猜想，每年这时候他大概都在森林里忙活，那些伐木工人似乎总会被树或斧头意外地砸到。

"他应该很快就会来了，"她说，"到那时我可以问问看。"

"是，可是他来这里的话，我们就不能用他的电脑。"哈波说。

"要是他有电脑的话。"

"我说的是我们去找他。"哈波说。

"我考虑考虑吧。"潘潘说,"而且,我们得问问缇莉,开车的人是她。"

"我就当你已经答应啦。"哈波说。当天吃晚饭的时候,哈波就把计划解释给缇莉和瑞琪听。缇莉的酒需要补充了。自从潘潘生病以来,缇莉晚上喝的酒又多了一些。而瑞琪自从上次意外之后,就很害怕再坐车。可是,缇莉觉得如果要去的话,应该四个人都去,所以第二天她们便一起出发了。

她们到达的时候,理查森大夫正在家里的门廊上跟太太喝咖啡、吃饼干。他立刻把潘潘带到屋里去检查身体。结果不仅潘潘的身体复原状况极佳,他还宣布他的确有一台电脑。他正想向缇莉和潘潘演示如何使用电脑,哈波马上接过了手。她早就等不及要上网了。

"嗯,"理查森大夫说着退到一旁,"我想,年轻人比我们老人家要熟练多了。"

"噢,别说自己老啊。"潘潘咻咻地笑道。

说得跟真的一样,缇莉想。

瑞琪静静地站在后面,看哈波如何购物。

"你们应该给她——"哈波用大拇指往瑞琪的方向用力一点,"也买一件泳衣,别再让她穿那件松垮垮还到处别着别针的了。噢,我忘了!有那东西。"瑞琪仿佛没听见似的,

161

把搭在肩膀上借来的毛衣裹得更紧了,背也驼得更厉害,一副被电脑迷住了的样子。

"哈波!"缇莉尖声喝道。

"噢,有了,有了,就是这件。"哈波说,"这里还有一顶帽子,我们也把它放进购物车里。现在我只需要你的信用卡号、邮政信箱号码和邮政编码就行了。"

"我们没有信用卡。"潘潘说。

哈波停下手边的动作,慢慢地转过身来,愣愣地望着她们。"你们没有信用卡?连麦迪都有信用卡,而她一点信用都没有。你们为什么没有信用卡?没有信用卡你们怎么活啊?"

"就算没有这破东西也照样可以活,你这小笨蛋!"缇莉说,"又不是潘潘和我需要从网上订购东西。你干吗不告诉他们说我们会寄汇票,或者是支票?我们有支票,不是吗,潘潘?"

"有,当然有,我就是用支票来付电费的,缇莉。"

"可是等你寄支票过去,他们再把东西寄过来,我都已经去加拿大了!"哈波哀号道。

"哦,拿去,用我的。"理查森大夫急躁地说着,忽然掏出钱包。他不常听到年轻女士的抱怨,今天听了简直恼火透顶——连困在树上的伐木工人也没有嚷嚷成这样的。"缇莉,你和潘潘可以还我现金。给,信用卡!"他摇摇头,又慢慢地走回门廊,跟太太坐在一起。他太太好安静,连咬饼干的声音都静悄悄的。缇莉加入他们当中,她今天已经受够现代世界了。

哈波订购完毕之后,潘潘有点迟疑地问瑞琪想不想买什么东西。不出潘潘所料,哈波的举动在瑞琪看来尴尬极了,瑞琪无法想象自己也会这样没礼貌地要东西。潘潘于是打消这个念头,把两人赶到外面的门廊。她们把卡还给理查森大夫。他很快将它放回钱包,似乎连想都不愿再想。他还请她们吃饼干,可除了哈波之外,每个人都觉得这一天已经太麻烦这位大夫了,于是缇莉把大家赶上了车子。

穿过小镇的时候,缇莉说:"哦,我还得把那块该死的被子送到梅朵家去,真希望她不在家。我不知道潘潘你怎么样,我和梅朵是聊不出更多话了。"潘潘点头赞同。然而她们注定将聊得更多,因为就在此时,麦迪生小姐一摇一摆地走下了宾馆的楼梯。她全然不理会医生的嘱咐,打算走路去买香烟。就在缇莉开着车以跟平常一样缓慢的速度经过时,麦迪生小姐看见了哈波,她兴奋地快步走上前来,大喊道:"哈波!宝贝!"

缇莉猛踩了一下刹车,当时车子的速度不过是一小时十六公里,很容易便缓缓地停住了。哈波从车里钻了出来。

麦迪生小姐张开双臂搂住她说:"噢,哈波,宝贝,我好想你。"哈波回头看了缇莉和潘潘一眼,仿佛在说:"我说过了吧?"

"这么说,麦迪你还没生呢,嗯?"哈波一边说,一边打量着麦迪生小姐那已经低垂到腿上的肚皮。

"还没呢,不过那个笨蛋医生说随时都可能会生。"

潘潘听见这句诋毁理查森大夫的话非常愤慨,可她忍住了没有吭声。

"无论如何,现在是你该回家的时候了。"麦迪生小姐说,"很抱歉为了一件泳衣,我发那么大的脾气。"

"是啊,"哈波说,"我要泳衣究竟有什么用呢?"

"这就是我一直想告诉你的。可是这会儿你的东西都在森林里的那个地方,呃,她们管那儿叫什么来着?"

"玫瑰幽谷。"缇莉冷冷地说。

"对了,"麦迪生小姐眯起眼睛注视着缇莉和潘潘,好像这才发现她们的存在似的,"你们也看到我的状况欠佳了,有时间的话,开车把哈波的东西送过来好吗?她现在身上穿的可以对付个一两天,所以说,也不用太着急。"

"你听着,"缇莉语气暴躁地说,"我们这会儿的状况也欠佳。"潘潘一只手搭在缇莉的胳膊上,安抚着她。缇莉仍然紧抓着方向盘,就像是只要哈波改变心意,决定不跟麦迪生小姐回去,她就一脚踩住油门,把哈波载走似的。

"没什么不乐意的,"潘潘说,"哈波想要什么,我们都愿意去做。哈波,这就是你想要的吗?"

"我的衣服?"哈波问,她被搞糊涂了,没听懂潘潘刚才话中的意思。潘潘后来跟缇莉解释说,她认为到了该暗示麦迪生小姐的时候了,到了该有人为哈波的利益着想的时候了。

"对,要不要我们把衣服送过来?"潘潘答道。

"哦,我肯定得穿衣服啊,总不能像个光屁股野人一样到处乱跑吧。"哈波说着,头也不回地跑上了宾馆的楼梯,仿佛很怕麦迪生小姐随时改变主意。

"她就这么跑了,我还打算让她去给我买包香烟呢。呃,好吧,我进去再跟她说。"麦迪生小姐对着空气说道。

缇莉与潘潘也想到了麦迪生小姐可能会突然改变心意的事,怕她又开始把哈波随便丢来丢去,于是她们决定在麦迪生小姐能够这么做之前,先把车子开走。

一路上她们一言不发地坐在车里。直到拐上通往玫瑰幽谷的岔路时,缇莉才开口说道:"我只是想说,这会儿还是别急着跑去取消网上的订单。"

潘潘神情严肃地点点头。一只熊刚好跑过她们面前,她开口道:"讨厌的熊。"

"讨厌的熊。"缇莉同意道。

The Canning Season

9
带蜜蜂的雏菊

车开进院子的时候,瑞琪听见电话铃在响,便飞快地跳下车,跑进屋去接。缇莉和潘潘缓慢地从车里下来,两人都衰弱到无法彼此帮忙了。

"嗨,瑞琪!"杭莉叶说道。

"妈妈!"瑞琪叫道,她已经有好几个星期没听见杭莉叶的声音了。

"你跑哪儿去了?我打了一整天电话。"

"我们开车到镇上去了。潘潘心脏病发作了,哦,不是今天,可是——"

"潘潘心脏病发作？你怎么知道的？很多人都以为自己是心脏病发作了，其实不过是消化不良。"

"是理查森大夫说的。"

"哦？她住院了？"

"没有，她不喜欢医院。缇莉也是。"

"那就不可能是心脏病发作。"

"哦，潘潘说理查森大夫是非常好的医生。不管怎样，潘潘现在已经好了。我们还一起到大夫家里去上网买东西。"

"啊？她们又不事先问我就给你买东西？花别人的钱很好玩吗？我也想这样呢！"

"不是给我买的，是给哈波买。"

"哈波是谁？"

"她姨妈在送她去圣西尔孤儿院的路上走错岔口了，结果到了玫瑰幽谷，潘潘和缇莉就收留了她。可她姨妈老是改变主意，一会儿想留她在身边，一会儿又不想要她。刚才我们在镇上碰到麦迪生小姐，哈波又被她要回去了。"

"你说的我一点儿也听不懂，瑞琪，听起来真疯狂。如果缇莉和潘潘想收房客的话，最好先查查那些人以前的纪录。谁知道他们都是什么来头，搞不好会是劫匪或者杀人犯呢。不过，我打电话来不是为了这事，我是想告诉你，哈奇和我要去那里看看——哈奇是狩猎俱乐部的网球运动员。"

瑞琪的嘴巴有些发干。她很想问哈奇是不是妈妈的男朋友。她猜想应该是，可她还是想确认一下。

"哈奇人很好，瑞琪，他打网球打得像个职业选手。"说到这里，杭莉叶迸出一串笑声，像是忽然觉得自己说了个笑话，"他甚至还想帮我申请成为会员。当然，我们还负担不起会费，但只要耐心等待，一切都会实现的。我们想下下个星期过去，那时候最合适了，哈奇正好能休假。他一直想去看看缅因州的海岸，而潘潘和缇莉就住在那里，他觉得这实在是太巧了。但我们也不能在那儿待太久，没准会有人说闲话的。哦，哈奇还说想见见你。"

瑞琪默默地点了点头。

"说话啊，瑞琪！最好让潘潘或者缇莉来听电话，随便哪个脑筋比较清楚的都行。我得安排一下。还有，听着，瑞琪，我知道我不用特意告诉你，但这件事非常、非常重要——哈奇来的时候，你一定要遮好那东西。他不喜欢体弱多病的人，连小小的肉瘤、白头发之类的都不能忍受。他把自己的身体锻炼得非常、非常结实，甚至还去修指甲。你认识几个男人会费神地修指甲啊？我们大概没办法把潘潘和缇莉打扮得称心一点儿了，不过反正也不打紧，跟她们也实在关系不大。"

缇莉正要进门,于是瑞琪高声喊着她的名字,把话筒递给她。

之后坐在厨房的餐桌前吃水煮蛋的时候,瑞琪终于说话了:"我想,虽然她没有说得那么具体,不过哈奇应该就是她的男朋友。"

"老实说,我很吃惊。"缇莉说着咬了一口蛋,去小镇一趟让她胃口大开,"我还以为她会直接找个有钱人呢,网球运动员可赚不了多少钱。"

潘潘满脸愕然地放下手里的小汤匙,叫道:"缇莉,你怎么能这么说?说不定她这次是真爱,爱情又不认得银行存款。"

"他已经答应帮助她加入狩猎俱乐部了。"瑞琪说道,"而且,她说他的身体状况完美无瑕。"

"当然,人们结婚的理由总是五花八门的。看看我!"缇莉说,"所以,杭莉叶的理由也无可厚非吧。"

"他们说要结婚了吗?"潘潘问。

"没说得那么明白。"缇莉神秘兮兮地说。

"到底有没有说?"潘潘追问道。

"嗯,没有。"缇莉老大不情愿地承认道。

"哦,那等他们来的时候再弄个清楚吧。他们要先坐飞机,再租一辆车开过来?"潘潘问道。

"对。没准他们从丁克镇开过来的时候，会拐错岔路。"缇莉满怀希望地说。

"缇莉！"潘潘又一次叫道。

"本来就有可能啊。"缇莉一脸无辜地说着，又剥了一个煮鸡蛋。

"缇莉，拜托你了。"潘潘无奈地说，真拿缇莉没办法。

其实潘潘不用这样，瑞琪也有一样的感觉。哈奇的事让瑞琪感到五味杂陈。那天晚上，她坐在窗台前俯瞰下方的海水时，才明白自己在想什么。一想到哈奇要来，她其实忍不住有几分如释重负的感觉。哈奇或许可以负担起让妈妈幸福的责任。她只是不知道自己将来适合摆在什么样的位置，以后又会如何。或者，要是哈奇因为很不喜欢她而离开杭莉叶，那么她就得为妈妈的幸福幻灭而负全责。她渐渐地开始理解哈波了，理解那种浑然不知道未来会怎样的感受。这让她焦躁不安，根本无法安下心来做任何事。好像四处走动、什么也不想，才是最好的主意。

过了两天，门铃响了。正在门廊上读书的缇莉和潘潘，抬起头互望了一眼。

"你知道吗，缇莉？"潘潘说道，"我已经渐渐习惯老有人上门了。曾经好多年这里都没有一个人出现，然后瑞琪来了，接着这里就突然变成了中央火车站。"

"嗯。"缇莉应道。她从来就不习惯这样，她不希望被任何人打乱计划。即使她根本没有计划，她也不希望自己无所事事的状态被人打扰。"你知道吗？如果父亲当初真想让母亲孤立，他就应该把电话路线改装成什么人也打不进来，或者干脆就把它拆了……"她还想说下去时，忽地和潘潘想到了同一件事。"哈波！"她们大声说着站了起来，快速地拖着脚步来到门口。可惜来人不是哈波，而是梅朵·特劳特，而且她还一脸不知被谁得罪了的表情。

"听说你心脏病发作了？"梅朵说着冲进屋里，塞给潘潘好大一束雏菊，里头还躲着一只蜜蜂。后来瑞琪和缇莉在屋里四处追逐了一整天，才终于把蜜蜂赶跑。这会儿潘潘悄悄地对缇莉说："我敢打赌，这些雏菊都是她在来这里的路边采的。这花看起来就不像是剪下来的，而是一副被硬拔下来的、残缺不全的模样。想想她那么怕熊，居然还敢中途下车！"缇莉答道："就是。你瞧瞧，小气居然能战胜恐惧，人类实在是不可思议。"

"知道你卧病在床，我并不吃惊，"梅朵说道，"谁叫你们收留那两个小女孩，而且其中一个还是畸——形。"她故意把那两个字分开来说，仿佛她们全都很正常，只有瑞琪是个畸形的人。瑞琪正在厨房里清洗装蓝莓的罐子,听到这话,不禁发起抖来。

"什么事,梅朵?"缇莉凶巴巴地说,慢慢地拖着脚步往回走。真是越来越容易疲倦了,她想,随即轻轻地坐在那把旧天鹅绒情人椅上。即使穿过房间的那一小段路,也让她感到精疲力竭。可是我绝不能这么疲倦,她忧心地想,我一定要撑到夏天结束,到时候瑞琪就回家了,潘潘还有机会迎头赶上。潘潘心脏病发作的次数比我还少了好几次呢。

"要不要喝杯茶?"潘潘礼貌地问道。她多希望梅朵说不用了,因为她和缇莉这会儿都没有力气泡茶,而她又不想让瑞琪代劳。可是梅朵却说好啊,还气定神闲地坐在那里,两只手交叠着放在大腿上,开心地等着吃饼干。潘潘只好叫瑞琪出来,问她能不能好心地为大家煮一壶茶,再从罐子里拿几块饼干出来。

瑞琪把所有的东西放在托盘上,端进客厅。她端着沉甸甸的托盘,小心翼翼地走着,尽量不让一滴茶水泼洒到饼干上。然后她轻轻把托盘放在咖啡桌上,再分别把茶杯和放着一块饼干的碟子递给她们三个人。

"好了,亲爱的,谢谢你。"梅朵皮笑肉不笑地说。

真是假心假意啊,缇莉吸吸鼻子,兀自想着。如果再年轻一点、身体好一点,她肯定一瘸一拐地走过去,往梅朵·特劳特的小腿上狠狠地踹上一脚。

"嗯,真好。"梅朵说着满足地叹了口气。那口气不知怎地直接灌进了她的大肚子,让她挤在座椅周边的肥肉挪了个位置。倒不是说梅朵特别胖,潘潘想,大多数女人——除了缇莉以外——到了梅朵的年纪,早就胖得没有腰了。梅朵不是胖,只是实在太松垮了,那身肥肉抖动的样子,就像网兜里装着的好几个篮球在互相推挤。潘潘目不转睛地盯着梅朵,发现梅朵也在目不转睛地盯着伺候她们喝茶的瑞琪,就像在试图隔着衣服看一眼那东西。潘潘觉得很愤怒。这才是梅朵想喝茶的真正原因。梅朵以前从未见过那样的东西,也无法确切地跟伯尔描述出那是什么。是瘤还是痣,还是什么畸形的骨头?她恨自己知道得不够清楚,于是很渴望再看一次。

"哦,"梅朵说,"外面也没什么大新闻。我看你们也没什么新鲜事可说,住在这么偏远的地方,又从不进城。"

瑞琪差点儿就说我们最近才刚去了镇上。不过,不愉快的事情又何必再说呢?回厨房的时候她这么想着。

"哦……那块被子呢?"梅朵终于说道。

"噢,老天,"缇莉说,"我放在车里了。那天我本来要给你送过去的,可我们碰到了麦迪生小姐,哈波就跳船投靠她去了。这倒提醒我了,梅朵,你这次来得倒正是时候。可不可以麻烦你把哈波的东西带给她?我说过会开车给她送过去,不过反正你顺路,不如你帮忙送一下吧。"

"哦,不必了吧?我想这会儿那两人肯定已经在去加拿大的路上了。"梅朵说,"干吗不把哈波那些衣服给瑞琪穿呢?瑞琪可能会喜欢没有被七改八改、到处都是别针的衣服。"

"瑞琪妈妈很快就要来了,会给她带合身的衣服。"缇莉厉声说道。听到自己和潘潘发挥创意为瑞琪改造的衣服竟然受到了批评,她有点恼火。想到杭莉叶居然忘了让瑞琪带行李箱来,她又忍不住生气。"你是在建议我们把哈波的衣服留下来,就像是什么……什么……盗墓人那样?"

"见鬼了,盗墓人?我是说像哈波那样的人,怎么着都会没事的。两天前,我还在店里碰到她给她姨妈买香烟。我就说,帮别人跑腿买烟真是丢脸,她还抢白我说:'为什么?要抽烟的人是我!'然后她就跑到外面的门廊上把烟点着了,要抽给我看。我跟你说,我就一直看着她把那根烟抽到过滤嘴那儿。我就站在那儿看着,看她的牛皮会不会吹破。如果那孩子也会抽烟,那我就是猴子的娘。看她呛成那个样子!我跟自己说,好了,小妹妹,别再想耍我了。"

"梅朵,你也真是的,你是说只是为了让她好看,你就逼着她把那根烟抽完了？你就这样逼迫一个无父无母的十四岁女孩？你这是怎么啦？你脑子里长了什么怪东西，为什么还没把它拿出来？"缇莉说得声色俱厉。

"你胡说八道！我跟你说，我生了十二个孩子，我知道该怎么对付他们。我这是经验之谈，不必跟你们这种……"梅朵一时想不出来与经验之谈相对应的说法是什么，于是终于脱口而出，"这种把自己封闭在森林里的疯癫老妖怪，多费唇舌、吵来吵去。"

"哎哟，哎哟。"潘潘气得两只手再拧来拧去又分开，"哎哟，哎哟。"

"你说她们已经在去加拿大的半路上了，是什么意思？"缇莉突然质问道。

"宝宝！"梅朵叫道，"我都忘了告诉你们了，那个女的生了。之前好几天，她在镇上逢人就说，只要肚子里的小混蛋一露出脑袋，她就出发上路。所以这会儿，我猜她已经带上哈波和小婴儿走人了。"

"她生了？"潘潘虚弱无力地重复道。一想到整件事情就要这样结束，哈波也已经上路离开，潘潘就觉得一股失望袭上心头。然而，她很怀疑那是不是哈波想要的结局。

"是啊，哈哈！"梅朵开心地说，"前天晚上十点十五分生的。有些人觉得她这第一胎还生得真快。理查森大夫说，她怀孕的时间特别长，小婴儿没有早产，是个非常健康、活蹦乱跳的小女孩，取名叫哈波土。"

"哈波二？"缇莉说。

"哈波也[①]？"潘潘说。

"哈波土。"梅朵说，没人听懂别人说的是什么，大家都以为说的是同一个名字，"我得走了，一会儿我顺便带上那块被子。"

"等等，"缇莉说，"我去拿哈波的东西给你。哈波肯定还没出发吧，麦迪生小姐才刚刚生完，理查森大夫不会让她这么快就动身的。"

"理查森大夫没说什么。你知不知道？那个女人生孩子时，嘴里一直咬着一根烟，硬是把宝宝给挤了出来。给她接生的理查森大夫说，要是不给她烟，她就不肯用力。她说忍受生孩子前的阵痛就已经够难受了，她才不要再忍受没有尼古丁的苦。"

"理查森大夫没什么意见？"潘潘问，她一点儿也不相信这种说法。人们总是喜欢拿别人的事来编故事。

[①] 哈波土（Harpertu）、哈波二（Harper two）与哈波也（Harper too）的英文发音是一样的。

"哦，你知道他的，"梅朵厌恶地说，"他向来什么事也不会做。你还记得那件事吧？他让那个被树砸倒的老伐木工人死在森林里。"

潘潘和缇莉都还记得，那件事引发了极大的愤怒。许多年前，一名伐木工人宁可在树底下被压死，也不愿为了捡回一条命而失去双腿。理查森大夫说他救不了那名伐木工，但人家都知道他能救。"可失去双腿的伐木工人，还能干吗呢？"当时潘潘曾这样问。

"不管怎样，我敢打赌那两人早就走了。"梅朵说。

"帮我个忙，还是把这个行李箱带过去，"缇莉把箱子拿下楼来，"以防万一。"

"不带。缇莉·曼纽托，我干吗把那么个怪东西拖进我那漂亮又干净的车里去？那箱子里说不定爬满了虱子呢。"梅朵边说边用不屑的眼光瞧着那个行李箱，"你要是喜欢，下回去镇上的时候把它送给穷人好了。我可不要带着它走，不行……哦，算了，拿过来吧。真是傻乎乎地浪费时间。我叫伯尔送过去好了，我自己还有活儿要干呢，还得把那块被子缝好。"梅朵抓起行李箱噔噔噔噔地走下石头小径，来到她的车子旁边。这时她一只鞋的鞋跟不小心被卡在石头缝里，崴了一下。通常到最后她总会做出正确的决定，可她又常常有一股想要抗拒这种特质的冲动，因此她总是气极了。"希望你们的被块缝得很漂亮。要是不漂亮的话，就太糟了。别人都缝得好美，我可不希望你们这一块丑得太扎眼。"

缇莉看着她离开，用力地想把大门摔上，可惜门只是嘎吱响了一声就关上了。"该死的体弱多病，该死的老朽，该死的老笨蛋。"她气愤地说。

"缇莉。"潘潘劝道。

"说真的，潘潘，谁会在森林里穿高跟鞋啊？这……这简直就像在展示她有多傻。"

潘潘知道，缇莉被气成这样不光是梅朵惹的，梅朵不值得缇莉这样耗费精神。缇莉是因为听到哈波已经离开了小镇，心里失望了。可她其实不必这样。第二天一大早，瑞琪还在挤牛奶，太阳还没完全从天边升起，把天空染成蜜桃红的时候，怀抱哈波土的麦迪生小姐和哈波便神情严肃、毫无笑容地出现在玫瑰幽谷的大门口。

The Canning Season

10
蝴蝶形的疤痕

"哈波!"缇莉叫道,毫无保留地流露出了自己的热情。哈波这孩子虽然很不讨喜,却又奇异地叫人难以割舍。原本只有缇莉起床来开门,可她这么一叫,潘潘和瑞琪也都来到了门口。她们站在那里,不知所措地望着麦迪生小姐。麦迪生小姐一脸的严肃和坚决。哈波则站在门边,显得出奇的安静,两手紧握着她那只饱经风霜的行李箱的把手,指节因为捏得太用力,已经没有了血色。

"我把这个行李箱给哈波了。"麦迪生小姐防卫性地说,"这辈子我只有这么一个箱子,本来是我妈的。我和小婴儿的东西都只能放在纸箱里呢。"她把婴儿紧搂在胸前，婴儿被她包裹得严严实实，完全看不到脸。她在不知不觉中变换着怀抱婴儿的姿势，仿佛小婴儿仍是她身体中的一部分，只是如今紧靠在她的臂弯中，而不是像出生前那样躺在她肚子里。小婴儿紧紧依附着她，这种待遇是哈波绝对无法奢望的。

"我告诉哈波这个行李箱她可以留着用，但她跟着我去加拿大是行不通的。我想过了，这个小婴儿是皮耶的——皮耶是她爸爸的名字——她是他的孩子。如果我能见到孩子奶奶的话，当奶奶的见到孙女，肯定会有一点感觉的。可要是我带着一堆拖油瓶出现在她面前，那在气势上可就弱了很多。我这么说没有不好的意思，可是说真的，若是那样，这两个孩子都不会有机会享受父母结婚的好处。搞不好孩子奶奶还不肯相信哈波不是我生的。"

潘潘是唯一有反应的人，她尽可能面带同情地点着头。没有人在看哈波。

"总之，我给她取名叫哈波土，也是为了记得哈波。"

"你做得很好。"潘潘焦急地说，因为她瞥到哈波一副憋着不想哭出来的样子，"哈波，要不要进去吃点早餐？"

"不，我要待在这里看着她们走。"哈波一动不动地说，手里仍紧紧地抓着行李箱，眼睛谁也不看。

"我可以看看小哈波吗？"潘潘没话找话地说。没有一个人知道该说些什么。瑞琪这时想到,如果麦迪生小姐真打算要走,应该快快走人才是。

麦迪生小姐的脸有一秒钟忽地亮了起来,给潘潘看哈波土的样子。"这是哈波土。"她说。

"哈波也?"潘潘问。

"哈波土,H-a-r-p-e-r-t-u。我喜欢这个名字,听起来有点像外国人,在加拿大法语区那边更会有一种异国风味。而且我说过,我想做点什么好记得哈波。但凡有一点办法,我都会带上哈波一起走的,这她是知道的,是不是,哈波?"

"是啊,我知道。"哈波说。

"理查森大夫说你可以旅行了?"潘潘问。

"哦,是的。他说我就像那种轻轻松松就能在田野间生孩子的农妇一样,还说从来没见过有人能生得像我这么快。他还说,我以后能生一大堆小孩。我倒不那么想。好了,你瞧,我该走了。我把哈波留在这里可以吧?如果你们改变心意,就把她送到圣西尔去吧。"

"那倒没有必要。"缇莉简短地说,那是她头一次开口。但麦迪生小姐转向她时,缇莉的脸马上又变得刚硬起来。

"唉,有时候实在难以做出好的决定,"麦迪生小姐说,"这一点哈波也是知道的。"她转身走下门廊楼梯,把婴儿抱得更紧了。哈波一直注视着她把婴儿放进婴儿座椅,小心地倒车,将车子掉头。麦迪生小姐始终没有再往门廊看一眼。等车子离开之后,哈波在门廊的台阶上坐了下来,坐在她的行李箱旁,随着早晨的时光一分一秒地过去,她才逐渐放松了紧握住行李箱的手。

之后的几天,潘潘设法让哈波走进花园有个新的开始,可是哈波好像对任何事都不再感兴趣。

"哦,怪不得她的。"缇莉跟潘潘和瑞琪说道。这天的天气好极了,在这个完美的夏日,她们坐在门廊上剥豌豆。"先被生母抛弃,然后又被相当于生母的姨妈抛弃。我想直到最后,哈波说不定都还以为那个女人会回来接她,尽管那个女人以前改变过那么多次心意——潘潘,你把空豆荚弄得门廊上到处都是。"

潘潘低头一看,心不在焉地把豆荚踢到门廊下。"我在想,哈波这孩子一定觉得很没面子,让我们看见她一再被人抛弃。我应该跟她说说关于母亲脑袋的事。"

"啊,老天爷!潘潘,没人会愿意听那个故事,那实在太恐怖了。"

"你们找到母亲的头了?"瑞琪问。

"潘潘,你敢说!"缇莉警告道,"那种故事不会让任何人感觉好过一些,只会让两个丫头做噩梦罢了!"

"哦,我一想到那孩子怀着孤零零的感觉在这里走来走去，就特别不忍心。"潘潘说道。

"是，可是看在老天的分上，别讲那个故事。"缇莉说着，闭上眼睛睡着了。最近缇莉常常打盹，好像精力已然耗尽，无法再长时间维持清醒。

哈波总是慢吞吞地走进饭厅用餐，三餐在玫瑰幽谷终于成为例行之事，可是她已不再有兴趣吃掉大家的甜点。她也不去花园里干活，对其他人的谈话似乎也不感兴趣，因此有一天吃完晚饭，她没头没脑地开口说话时，其他人全都大吃一惊。哈波说："你肩胛骨上那东西到底是什么啊？"

当时缇莉半个身子都趴在餐桌上，雪利酒杯距离她的鼻子仅有五厘米。她抬起眼皮半真半假地嗔道："哈波！"

"我出生的时候就有了。"瑞琪说。

"这事和别人没关系。"缇莉插嘴道。

"我妈说我出生的时候，医生被我吓得尖声怪叫，可是他们说或许它会自动消失，请我妈放心。医生又说婴儿出生的时候，身上常常会长些各种各样可怕的东西，过一段时间就都会掉落不见的。有一位儿科大夫建议我们，在它没有消失之前先遮一下。"瑞琪静静地说。

"那你妈妈为什么不干脆找人把它割掉呢？"哈波边说，边嘎吱嘎吱地嚼着剩下的树莓酥饼，"换了是我就会这么做。有什么大不了的？哪个当妈的这么白痴？明明可以割掉的胎记，居然叫女儿遮遮掩掩那么久！"

缇莉如果听到这话可能会反对，可她已经靠在餐桌上睡着了。

"嘘，丫头，"潘潘说着指一指缇莉，"睡着了。"

"我看是醉昏过去了。"哈波厌烦地说着，把装雪利酒的玻璃瓶放回酒柜里，"对于这把年纪的老奶奶来说，她的老年过得真是够亢奋。"

潘潘发出咂舌头的声音，她不知道该不该反对这句确凿的评论。

"干吗不叫理查森大夫把它割掉？他会做手术，对不对？"哈波说。

"哦，他确实给盖伊·戴恩的一条腿做过截肢。"潘潘若有所思地说。

"就是嘛。"哈波似乎又开心起来了。

"还有卡斯珀·文迪蒂右手的指头。"

"我敢说手指头要比那东西难弄多了。"哈波说。

"我们给我妈妈一个惊喜，在她来之前动手术。"瑞琪兴奋起来。

"你确定想把它割掉吗，亲爱的？"潘潘问道。瑞琪已经和哈波收拾起餐具来，就要开始清洗了。

瑞琪做起了白日梦。她想象自己、哈奇和杭莉叶在狩猎俱乐部里吃午餐,在俱乐部的游泳池里游泳,那时她的肩胛骨上只会留有一个小小的蝴蝶形状的疤痕。"我以后会还你做手术的钱,我会写一张借据。"

"不是,不是,"潘潘迅速说道,"我不是那个意思。"这件事情其实让潘潘有点烦恼,可直到她上床以后,她才明白那种模模糊糊的恐惧来自哪里。第二天一早,她起床后坐在吊床上,看见哈波已经开始在花园里干活了,心里顿时高兴极了。无论如何,哈波是绝不可能离开花园太久的。瑞琪还在谷仓里忙着,没有回来。"你知道,"潘潘对哈波说,"我不太确定该不该鼓励瑞琪把那东西割掉。"

"哦,钱是你的。"哈波说着,两手用力拔着杂草,她不在时杂草越长越多了。

"你知道吗?我们找到母亲脑袋的地方就离这里不远,以前那边还有一个可爱的小凉亭。"

哈波不拔草了。

"对,没骗你。"潘潘说,眼看哈波一脸的惊愕与难以置信,她不住地用力点头,"你说到底哪件事更糟?这么多年来我一直在想,是只找到身体更糟,还是只找到头更可怕?或者是头和身体一起找到?嗯,不是一起,她的头跟身体确实是分开了,难以挽回地分开了。不过虽说是身首异处,却都在附近不远的地方,而不是有头无尾。这件事的确令人难以置信，但当时的情形就是这样。其实现在再这么一分析，我就比较清楚了，如果当时她的身体也躺在旁边的话，情况会好很多，可是没有。我是偶然发现她的头的，当时我还在跳绳。那会儿我早已过了跳绳的年纪，但住在这么偏远的地方，也只有仆人会看见，于是我就还是照跳不误，绕着花园跳，沿着花园小径上上下下地跳。我们以前的花园比现在要漂亮得多，哈波，而且还有好几个园子，你看了会喜欢的。当然，我们也有园丁。有那么些占地广大的花园，没有园丁是绝对不行的。"

"我怎么会不知道。"哈波说。

"好了，跳绳的时候我心里在想，怎么我就从没碰到过什么很有趣的事呢？就在那时，我瞧见了头发。当然，那些头发上满是血污，乱糟糟的——总不可能砍了自己的脑袋，头发还没有浸到血吧？"

"有点像刚洗完头。"哈波说。

"嗯。"潘潘应道，同时心里在想，待在花园的时候，哈波似乎会变得温柔一些，"是的。发现它时，我就不跳绳了。"

"当然。遇上这种事，我也会刹住车的。"哈波说。

"我永远也忘不了当时的情形。我兀自想着，怎么也想不通母亲的头为什么会出现在花园里。"

"你可能是吓坏了。"哈波说。

"对极了。当时我心里就在想,不可思议啊,我居然还能非常理性地去琢磨这些想法,我应该高声大叫、语无伦次才是。哦,好吧,面对危机的时候,你是管不了自己会怎么样的。"

"有一回麦迪在浴室里发现了一只黑寡妇毒蜘蛛。她用一只平锅把它给打死了,同时打破了四片瓷砖。房东叫她赔,她就说要告房东私自养有毒昆虫。我一辈子也不会忘记自己眼看着她把那个蜘蛛打死之后,还用平锅往它身上猛砸了好久好久,好像只是因为它在那里,她就气疯了似的。你能理解吗?后来我跟她说,你明知道那东西已经彻底死了很久了,为什么还继续敲了那么久。那时她就是这么跟我说的,没错蜘蛛是死了,可是她简直气疯了,气那蜘蛛出现在浴室里,气事情总是不尽如人意,气我们住在那肮脏、局促还有着难看瓷砖的小地方,气自己在最需要的时候,从来没有男人在身边。后来我再没见过她像那样大发雷霆,可我记得自己是这么想的:真高兴她发火的对象是那只蜘蛛,而不是我。话说回来,你妈妈是用什么东西让脑袋跟身子分家的?"

"哦,母亲做得还挺复杂的。她用了一组滑轮,再用花园里的一个石头凳子当做砧板——可能这样她才能跪在它前面。还有一把斧子的斧头部分,那个铁家伙被绳子绑住了,斧刃朝下。总之,有点像临时拼凑的断头台。我想她肯定已经在心里筹划很久了。"

"她干吗不干脆弄把枪呢?"

"我不知道,我也想了很多年。我们家里有好几把枪,你说她又何必选择如此精心设计、恐怖却又不牢靠的方式呢?我最不解的,就是关于不牢靠这一点。父亲和验尸官事后谈起时,说根据花园凳子上那些斧头砸过的痕迹来推断,她在最后成功杀死自己之前,一定已经尝试过好几次。估计是斧头落下的位置有好几次都不精准。你能想象出那会是什么样的感觉吗?明知没被砍到,可是又必须再次鼓起勇气迎接自己的最后一刻。说不定这回就应该放弃了吧?也许这就是她想要的——一个允许自己放弃的理由。"

"我猜大概是这样。"哈波说。

"对,我猜也是。"

"她知不知道你会在花园附近跳绳,可能会遇上她?"

"最后几个星期,我们几乎见不到她。她变得非常孤僻,可那时候我们并不觉得她孤僻。我也只有十几岁,只知道她再也不和我们一起用餐,跟我擦身而过时,她也只是拍一拍我。我察觉到情况不太对劲,但缇莉和我都设法不去细想。我猜,或许那也是我开始到处跳绳的原因吧。我们都没有去谈过这件事,既不跟她谈,相互之间也不谈。总之,她的头就在那里。很多年来,我都梦见自己把它捡起来,放回她的身体上。可那不是我能决定的。"

缇莉从门廊上喊她们:"中午啦!"

潘潘进屋去做午餐,饭后她们开车到丁克镇去找理查森大夫。大夫来到门廊上迎接她们,然后把潘潘带进诊疗室。潘潘越发地担心割除瑞琪那东西是否明智了。

"你看起来不太好,气色很差。"理查森大夫说。

"哦……"潘潘说。

"你到底有没有休养?"他呵斥道。

"我有,可是……"于是潘潘忧心忡忡地把瑞琪想做手术的事告诉理查森大夫。

"我看一看再说。"他说,"话说回来,你若是好好休养了,为什么看起来还这么疲倦?是那两个小丫头太累人了?"

"现在不累人,大夫,"潘潘疲惫地说,"可是我担心将来该怎么办。你看到缇莉了?"

理查森大夫郁郁不乐地点点头。

"你知道我的日子也不多了。"潘潘说。

"哦,你倒是说不准。你还有可能活上好几年,这要看情形。不过我同意,缇莉的日子很有限了。"

"是,我知道,你以前就警告过我们。她越来越瘦,也越来越容易疲倦,而且她的脚踝和双腿都开始肿了起来。现在是阻塞了。我还担心可能要替哈波找一个母亲。"

"母亲？算了吧。哈波那个妈是个没眼泪的冷血女人，让她跟你和缇莉住在一起反而更好。她就是待在圣西尔都比跟着她妈妈强。省省吧，她跟熊在一起也好过跟她妈妈。"

"哦，你不会真这么认为吧？没有人适合待在孤儿院。我担心的是不知道该拿她怎么办。"

"嗯，船到桥头自然直。反正不能很快又把她送到什么陌生的地方去，她需要休息，需要安定。"

"对。可是，大夫，即使她跟我们待到冬天，我们又该送她到哪里去上学呢？"

"在家里教啊。你们姐妹俩不就是在家里上学的？"

"那时我们有家教。"

"好多人没有家教，也照样在家里上学啊。去买一台电脑，再把那该死的电话线路修一修。"

"哦，我们不能这么做，缇莉绝对无法忍受，她连电话都不爱接。她喜欢一切都跟母亲过世的时候一样。而且，她的雪利酒是越喝越多了。上回我们来镇上，她买了一整箱。我想把它们藏起来，她身体已经这么弱了，还这么喝酒不太好吧？"

"是不好。"理查森大夫说。

"那我该把酒藏起来吗？"

理查森大夫双手掠掠头发，温柔地说："如果是我，这会儿不管她要什么，我都会给她，潘潘。"

潘潘哭了起来，好一会儿才控制住自己的情绪。理查森大夫递面巾纸给她，神情十分肃穆。有时候当医生一点儿也不好玩。等潘潘终于不哭了，用湿纸巾把脸擦拭干净，擦到看不出哭过的痕迹时，大夫才说道："叫瑞琪进来，我看看能做点儿什么。"

一想到即将割掉那东西，瑞琪就觉得很兴奋，可是她对切除的过程实在兴奋不起来。理查森大夫给她打了麻醉针，好让她感觉不到痛，可她还是会知道大夫在做什么。她很高兴能跟他聊个不停，如果安静地去感知手术刀划过皮肉与骨头的动作，她肯定会呕吐或者昏倒，或者两样都会。

"这么说，你是从佛罗里达州来的，对吗？"大夫开心地边问边干活，仿佛是在烤蛋糕。

"嗯——是。"瑞琪答道。她担心自己要是老说话，身体一动，大夫就可能会意外地切进她的肝脏。

"在哪里呢？"

"潘萨镇。"

"潘萨……潘萨……我对潘萨镇一点概念也没有。我觉得应该了解一下关于潘萨镇的事，你能跟我说说吗？"

"其实我也什么都不知道。"瑞琪说。她的呼吸浅浅的，觉得有点不舒服，这让她对潘萨镇所知甚少的部分也暂时从脑海里消失了。

"我太太和我退休后想搬到佛罗里达去,已经想了好几年了。"

"我还以为你喜欢森林呢!"瑞琪大感惊讶地脱口而出。她的话似乎让理查森大夫吃了一惊,可能是诧异她知道这事,或者是因为她居然会这么脱口而出。

"我是喜欢。"他说道,望向瑞琪的眼光变得更亲切了,同时仍稳健地继续动刀,"我很喜欢森林,可是我太太不喜欢。跟我结婚以来,她就一直在忍受这个树木参天的地方,因为,哦,因为以前那个时代的女人都是那样,嫁鸡随鸡。她也从不抱怨。可是这里太冷了,对她的身体不好。她不喜欢,而且她的骨头受不了冻。退休以后,我想带她搬到温暖的地方去住。反正我们夏天还是可以回来的,是不是?"

"嗯——是。"瑞琪说,她可以感觉到大夫在拉扯着她的皮肉,快速地剪着。

"听说那里的夏天很热,是吗?"

"嗯——是。"瑞琪又说,觉得肉被扯到了一块儿,又被剪掉了一些。她想象着狩猎俱乐部那凉爽的湛蓝色游泳池。感谢上帝有狩猎俱乐部,她想。咔嚓咔嚓。理查森大夫又在刮什么东西了。是啊,狩猎俱乐部,感谢上帝有它。有一根针戳动着,大夫在做什么呢?是啊,没有狩猎俱乐部的话,我们会在哪里呢?她觉得皮肉上的口子被缝合起来了。对,哪里都去不了,就是那样。什么湿湿的东西轻轻触着皮肉。嗯,感谢上帝有……她觉得大夫又在剪了。是的,肯定是那样。她的视线开始模糊。

"再撑一下子就好,然后我就把你的头放下来。"理查森大夫说。他应对昏倒的人的经验太丰富了。不过通常他碰到的都是大块头的伐木工人,那些人可能要眼睁睁地看着自己的脚被截肢。但昏倒就是昏倒,大夫想,总归不是件令人愉快的事。

"是啊,"他继续快速且开心地说下去,"有那么一天,我们会搬过去的,可我得先找一个愿意到这里来从业的年轻医生才行。总不能丢下镇上这些人,让他们自己缝合伤口、开出处方、接生婴儿吧?虽然现在大多数人都快能做得到了。每年开春我都会寄信给医学院的毕业班,而且每年我的网都会撒得比以往更远。'森林诊所征求医生,可立刻执业。'可是没有人感兴趣。"

"为什么?"瑞琪问,她并没有很专心地在听,但又不希望停止这样的闲聊。她心里一而再、再而三像念经似的想着,别昏过去,别昏过去。

"钱不够多呗。大多数人好像都以为,赚钱对于生存来说很重要。滑稽的是,当初我来这里的时候,从来没有想过

193

要挣多少钱。我想的是创造一种生活。我认为医学是一门艺术，你必须学习去发现事物，去寻找一种改变，一种感觉……我花了一辈子去学习。我还在学，我也还想学。你呢，啊？"没听见瑞琪的回答，他便大声喝道，"啊？"

"是。"瑞琪说，试着不动嘴唇来回答问题。她这会儿真的完全不想动，觉得自己的背部像整个儿被划开了，担心稍一活动身体里的器官就会掉出来。

"我开始执业行医的时候，想做的就是行医。我做医生不是为了赚很多钱，买什么昂贵漂亮的东西，布置一个富丽堂皇的家。哦，我来这里是因为我想来，而且我不希望任何人为了任何其他的理由而来。比方说你的姨婆吧，她就知道自己要什么。她知道自己要吃什么，她想待在森林里，是吧？"

"你是说缇莉？"瑞琪问。

"不是，不是缇莉，是潘潘。潘潘和她的蜜蜂、她的母牛、她的花园。深爱那栋老宅子的是潘潘。"

"对。"瑞琪说。现在问她什么，她都会说对。她正处于绝望的惊慌状态，心里只想着拜托你把我缝好吧，拜托你快缝好吧，拜托你快一点。可是在惊惶之中，还有一个想法犹如暖暖的小河流过她的心头，那就是她和潘潘在这一点上是相通的。踽踽独行于雾茫茫的光线中，从静静的谷仓走到静静的蜂巢，默默地干着活，这其中似乎是有着什么联系。

"很多人以为她们这对姐妹只是两个疯老太太,但她们做的可能正是最适合自己的事。我和太太也在等一个跟我一样愿意到森林里生活和行医的人,来接我的班。好了,手术做完了。等一下,别动。因为你没有昏过去,我要赏你一支棒棒糖。你也不必觉得自己好像受到了侮辱,伐木工人我也照给不误,而且还从来没有人拒绝过。"就在他转身去拿棒棒糖的时候,瑞琪终于没撑住昏了过去。等她苏醒过来时,大夫仍然给了她一支棒棒糖,说苏醒的时候一样要赏一支。

醒来后瑞琪觉得很痛。切掉那东西并不如想象中那样容易,她还要吃几天药,躺在床上休养。哈波很高兴,园艺帽和泳衣都寄来了。缇莉经常跟哈波一块儿去海边玩耍,之后哈波会用手推车把缇莉推上小丘回家。一天,哈波把缇莉推上来,正要扶缇莉下车的时候,附近传来了一声尖叫。只见一个女人和一个头顶秃得厉害的年轻男人从一辆汽车里钻了出来。"哦,你看,"那女人乐呵呵地说,活像这里是马戏团,她好不容易发现了一个有趣的场景,终于可以逗身旁那个男人开心了,"在手推车里的是缇莉呢!"要是哈波记得瑞琪妈妈要来的事,她就能三两下搞清楚状况,也一定会用好奇的眼光打量那个女人。不过她早就忘了这事,因此只是朝女人瞅了一眼,认为还是避开的好,于是便绕到房子后面去找潘潘了。

缇莉从手推车里下来时,眯着眼睛打量那一对男女。每次从海滩回来,她总是精疲力竭,因此更加不乐意再看见陌生人出现在院子里。她没认出杭莉叶,自从杭莉叶不再是少女之后,她们就没见过面了。这段时间经历了哈波的去而复返、潘潘心脏病发、瑞琪的手术等一堆事,缇莉完全把杭莉叶即将来访的事忘得一干二净,虽然那手术就是为了杭莉叶而做的。因此,缇莉迈着慢如乌龟的步调径直走过去,还伸出一根枯瘦的手指指着他们,问道:"你们是什么人?"杭莉叶觉得缇莉已经完全老糊涂了,而这恰恰符合她给哈奇做的人物背景介绍。

哈奇像打网球时那样轻巧地向前一跃,伸出手,仿佛随时准备挥出一记反手球。"你好吗好吗?"他三字并作两字地说道,他一紧张说话就会连成一串,东漏一个字,西漏一个字,给人一种满嘴含着弹珠试图在水中说话的印象。

"把你的手拿开。"缇莉没好气地说着,用大毛巾抽打哈奇的手。

"缇莉姨婆,亲爱的,我是杭莉叶啊。"杭莉叶缓慢又小心翼翼地说道,远远地站在大毛巾的攻击范围之外,"我又来拜访你了,你还记得我吗?"

缇莉使劲打量了杭莉叶很久,仿佛突然认出她来了,却又希望还是没认出来的好。她痛恨杭莉叶跟她们相处的几个夏天，等杭莉叶长大了不再按惯例来这里后，缇莉真的很高兴。这会儿她都想往杭莉叶的身上吐口水了，不过考虑到杭莉叶是瑞琪的妈妈，而自己非常喜欢瑞琪，就又忍住了。"哦，是你啊，"她简短地说道，然后转向哈奇，"那你就是她的男朋友吧？"

哈奇嘟囔了些什么，没有人听得懂他想说的是："哈奇，我叫哈奇。"

"好，如果你们非要进屋，那就去吧。"缇莉说，"瑞琪应该在屋里。你们打算在这里待上几天吧？"

"不想太麻烦你们。"哈奇说，可实际说出来的却是"想麻们"。缇莉正想礼貌地请他吐掉嘴里的东西时，一声快乐的欢呼传来，接着瑞琪跑下台阶，冲向了杭莉叶。在几米以外瑞琪停下脚步，脸上挂着羞涩的微笑。

"瑞琪，"杭莉叶说，"很好，时间掌握得正好。这是哈奇。"

"嗨，你好！"哈奇咕哝着跳上前去握瑞琪的手，"这儿真是个不错的地方。虽说熊的确是多了点。附近有没有网球场？"他勇敢地设法让大家听懂他的话，但他知道并不成功。

"进来喝茶。我相信潘潘肯定想请你们喝茶。"缇莉说着踱步进屋，坚持要穿着泳衣喝茶。她知道，像哈奇那样的运动员，看见九十一岁老女人的身体肯定会厌恶极了。哈奇一直在看她，不过很难依据他的表情来分辨他是深受吸引，还是异常反感。

潘潘和哈波一起进来了。两人刚在花园里干活，弄得浑身脏兮兮的。哈波刚才翻土的时候，欣喜地铲出了一铲又一铲的蚯蚓，赶忙拿过去给潘潘看。潘潘好久没去过花园，实在心痒难耐，就也去花园里干活。哈波则开始构思她的虫虫计划。

"哦，天哪，你瞧这条！"哈波高声喊道，把一条在她指间扭来扭去的蚯蚓举得高高的，然后就和潘潘开心地拉开嗓门尖叫。蚯蚓有如一个奇迹，哈波想，它们仿佛一支地下园丁部队，整晚都在花园里努力不懈地翻土，让土壤透气。那天早上的泥土摸着、闻着就像已经发酵的面团，肥沃而轻盈，且已准备好孕育生命。哈波过了好几年才从菲尔丁大夫那儿得知，原来怀孕的女人闻起来也是这个味道。

从外头进来的时候，哈波在自己和潘潘身上还闻得出那种味道，那就像是一种园丁特有的香水味，一种来自土壤的洗礼。她们全身沾满了那气味。哈波觉得这气味充塞着她的鼻孔，仿佛自己仍然与它紧紧相连，那是一种无法磨灭的幸福。潘潘也因为这气味而感觉自己强壮起来，她也被哈波在花园里无比充沛的精力所滋养。两人进屋时喜滋滋的，几乎没注意到围坐在饭厅餐桌前三个闷闷不乐的人。

"瑞琪在厨房里泡茶。"缇莉说，她的手指多么渴望能碰到装有雪利酒的玻璃瓶啊。

潘潘发现缇莉穿着不同于平常的衣服在等着喝茶,再看看那一男一女勉强找话说的苦脸,她这才迸出话来:"哦,我的天,我们完全忘记你们俩要来了。"

真是越老越糊涂了,杭莉叶想。"潘潘,亲爱的。"杭莉叶说着站起来伸出一只手。哈奇也站了起来,可是他不敢伸手,似乎生怕又有什么大毛巾会冲他挥过来。

"对!"哈奇说,"对。高见你。"

有一秒钟潘潘还以为他说的是外语。杭莉叶坐了一天飞机,又租车开了一段漫长、蜿蜒且凹凸不平的路赶过来,途中还得闪避不时冲撞过来的熊,真是累得够呛。这会儿听哈奇口齿不清,她真想赏他一个耳光。她知道他越是放松,讲话也就越清楚,不过在这栋宅子里,他很可能一辈子也放松不下来。无论如何,她深感厌恶地想,我干吗担心她们会怎么看他呢?她们才应该担心他会怎么想呢。尤其是瑞琪,应该非常担心才是。杭莉叶希望这会让瑞琪随时保持警惕。

瑞琪把茶端进饭厅的时候,终于有人记起来要介绍一下哈波。缇莉简单而唐突地介绍了几句,因为她认为哈波和杭莉叶他们没什么关系。让杭莉叶糟蹋一个孩子已经够糟了,缇莉想,她才不能让杭莉叶有机会染指第二个孩子。她差点要叫哈波端着茶赶快去逃命,可是哈波注视着哈奇与杭莉叶的眼光，却是既着迷又带着点小心翼翼，就像在看什么危险的爬行类动物。杭莉叶在讲故事，她有讲不完的关于狩猎俱乐部的故事，另外还说了一些她们都不认识的人所发生的事，而且跟故事似乎也没什么关系。潘潘的脸上一直带着微笑，竭尽所能地装出一副很感兴趣的样子。缇莉眯起眼睛，挣扎着不让自己走到酒柜前，或是睡倒在餐桌上。她既没喝酒也没睡着，这一点大家都注意到了，除了哈奇和杭莉叶。哈奇看起来十分心神不宁，好像在想别的事情，而始终喋喋不休的杭莉叶则是谁也没有留意。

瑞琪传饼干给哈奇，等第三次传过他手边而他一块也没拿便往下传的时候，缇莉站起来打断了杭莉叶的讲述，郑重地宣布道："这些饼干是很棒的。"

那是潘潘心脏病发作之前做的最后一批饼干，所以被郑重地冷冻了起来。潘潘现在虽然还做三餐，却不再烘烤糕饼了。一想到潘潘的身体可能已经衰弱到再也不能烘烤好吃的糕饼，缇莉就觉得很难过。这让她十分珍视最后这一批饼干，任何人倘若舍弃不吃，她都会觉得深受冒犯。这简直就像是把圣经里最后的晚餐的酒传到面前，那人却说："不必了，多谢，我滴酒不沾。"

"哈奇不吃饼干，缇莉姨婆，"杭莉叶说，"他只吃全麦食品、谷类、水果和蔬菜。"

"这么吃太莫名其妙了!"缇莉说。

"我正在接受训练。"哈奇说。逐渐地,他的句子比较容易听懂了。

"你正在干吗?"缇莉凶巴巴地说,她还在为饼干的事生气。

"他正在接受训练。"杭莉叶说,"哈奇是世界男子有氧舞蹈冠军。"

"男子什么?"缇莉问。的确,这么多年以来,除了这片森林、海洋以及偶尔一些小镇的消息,别的什么也没有了。然后突然有一天你家里挤满了人,大家都在说着各种各样的事情。这超出了你能处理的范围,也超过了你所能消化的程度。大家怎么能跟得上这么多事情呢?缇莉想。生活中有这么些杂七杂八的事,他们还怎么过日子啊?

"那是一种运气,"杭莉叶说,"你得要非常有天分才行。你得接受很辛苦的训练,是不是,哈奇?"

哈奇热切地点点头,然后啜了一口茶。他本来是不喝茶的,但此刻他不希望被她们认为太惹人厌。他真的只想要一杯白开水,然而又怕茶对于缇莉来说,也带有什么神秘的重要性。

"有氧舞蹈需要跳舞的技巧、力气和柔软度。你一旦进入全国决赛,就必须由专业的教练来训练。可是我所有的固定动作都是自己编的。过去五年来我都在为进入全国决赛而努力，然而就在我成功进入决赛的两个月前，我妈妈过世了。"

"哦，真遗憾！"她们个个都这么说，除了一脸恼火的杭莉叶以外。杭莉叶喜欢由自己来解释一切，而哈奇母亲的这个话题让她生气。

"是的。可是我还是继续训练，而且最后我赢了。我把成绩献给妈妈。她要是知道，肯定会很骄傲。"

哈奇一说起自己所从事的运动就很兴奋，嘴巴里的弹珠也终于消失了。这会儿大家已经能听懂他说的话，而他似乎也不再奇怪得吓人了。

"你到底是做什么的？我还是不懂。"缇莉说，口气听起来不那么生气了。

"哦，好吧，我跳给你们看。我想你们大概没有音乐可放吧？"

潘潘摇摇头。

"那不要紧，亲爱的。"哈奇说着走到客厅中央，随即开始四处飞跃，身体以不可思议的姿势下落，接着又蹦得老高。

缇莉看得入迷，她从来不曾见过这样的运动。这当然不是她所知道的舞蹈，也不是她所知道的任何东西。它既不优雅，也不迷人，不过哈奇显然颇为得意，但那是一种谦虚的得意。他坐下来的时候，潘潘说："哇！"

"我还从没见过什么冠军。"缇莉说。她觉得如果这也叫运动的话，实在是又傻又怪的一种运动，但她又有种冲动想说句赞美的话。

"哦，我们都各有天赋。"哈奇谦虚地说，"我敢说你是世界上最棒的园丁。"

"其实潘潘才是园丁。"缇莉说。

"没关系，亲爱的。"哈奇爽朗地说，"我们所有的人，每一个人，都有自己内在的天赋和能力。我妈总是说，尽力做最好的你。"

"可以送我一张签名照吗？"哈波说，她一直都想认识将来签名照搞不好会很值钱的人。

哈奇笑得合不拢嘴，忽然说道："我有更好的。跟我来，你们俩都来。"他指着哈波和瑞琪，然后昂首阔步地走出客厅。两个小女孩紧紧地跟在他身后。回来时，两个女孩把东西拿给潘潘和缇莉看。哈奇给了她们每人一幅海报，上面印的是他身穿紧身衣接受世界有氧舞蹈冠军奖杯的照片。他还在海报上龙飞凤舞地写了几个字作为祝福：尽力做最好的你。缇莉和潘潘发出了恰当的喝彩声。哈奇高兴得不得了，眼睛接连眨了好几次。"那是我妈妈过世之前对我说的话，"他说，"她一直很相信我。"

杭莉叶突然放下茶杯，说："哈奇和我正在考虑订婚。"听到这话，哈奇的嘴不自觉地张开了。

自从收到签名海报，哈波就一直心不在焉地一口一口吃着饼干。她心里不断地想，或许她并没有尽全力去做一个好园丁，她觉得还有别的什么在呼唤她。"是蚯蚓。"她不知不觉地脱口而出。

每个人都转过脸来看着她。杭莉叶最气愤被别人抢走风头，可是没办法，谁叫大家喜欢哈波呢？

"什么事，亲爱的？"潘潘耐心地问道，"蚯蚓？"

"花园里到处都是蚯蚓。"哈波仍然在为她们发现的那一铲又一铲的蚯蚓而兴奋，它们点亮了她心中的某种火花。如今哈奇死去的母亲竟借由一张海报，借由哈奇，大老远从佛罗里达来到这里，把那火苗挑拨得更旺了。

"我们的花园里确实到处都是蚯蚓。"潘潘说。

"可我们对它们究竟了解多少呢？"哈波问，"大家除了知道它们在那儿以外，还有没有好好想过它们？"

"你的意思是？"

"它们对于花园的健康是那么重要，可我们对它们又了解多少呢？我们花园里的蚯蚓有没有尽全力做最好的蚯蚓呢？说不定某个品种的蚯蚓会最适合某种特定的花园，最适合你正在种的东西，也最适合你花园里的土壤类型。"

潘潘点点头。她并没有忽略哈波说的是"我们的花园"，于是她又模模糊糊地担心起缇莉和自己越来越差的身体了。

"不该有人研究这个吗？不该有人做这方面的努力吗？"

"我真的不知道。"潘潘说，"那你来努力好吗？"

"好极了，"哈波说着热切地点点头，真高兴潘潘与她心意相通，"我来研究好吗？我想我已经找到要做一生的工作了。这真是伟大的一刻。请把饼干传过来给我。"她抓起一块饼干丢进嘴里，仿佛这个点子已弄得她饥肠辘辘。紧跟着她又转向缇莉说："要是你有一台电脑的话，我现在就可以开始研究了。我真希望你能早点了解这些。"说完她又把第二块饼干丢进嘴巴里。

杭莉叶向后往椅背上一靠，一副生气的模样，因为没有人针对她和哈奇可能订婚的事发表只言片语。瑞琪似乎吓坏了，而哈奇则有几分愕然。缇莉根本不理会杭莉叶都宣布了什么，哈波则满脑子想的都是蚯蚓。只有潘潘够风度，终于转向杭莉叶说："真是抱歉，你刚刚说你们要订婚了？"

"我说我们正在考虑。"杭莉叶口气冷淡地说。

"真的？"潘潘吃惊地问。

杭莉叶不耐烦地盯着潘潘，已经接近发火的边缘。通常到这时候，她早已经非常生气了。不过瑞琪注意到，有哈奇在身边的时候，杭莉叶似乎比较能控制自己的怒气。

"哦。"缇莉说着站起来，准备清理桌子。

"你就别动手了，缇莉姨婆。"杭莉叶说，她已经不再叫

205

每个人亲爱的了,这种假情假意的亲昵称呼她是叫不久的,"瑞琪会清理的。瑞琪!"

瑞琪跳起来把茶杯收走。以往每逢这时,哈波都会主动来帮忙,但这会儿她正在想着下回去用理查森大夫的电脑时,一定要查一些关于蚯蚓的问题,所以她漫步走开,去找纸笔了。

杭莉叶站起来说:"好吧,我想哈奇和我现在可以去游个泳了。瑞琪,快点!你可以跟我们一块,去看我们游!"

哈奇与杭莉叶上楼去换泳衣。瑞琪穿过客厅的时候,缇莉气得嘶声说道:"去看什么看!你进来!"哈波正埋头于百科全书的W册查数据,头也不抬地朝这边竖起一根大拇指。潘潘看起来很担心。

哈奇和杭莉叶下楼之后,杭莉叶光着脚趾在门廊上敲了又敲,直到看见了瑞琪。"你拿大毛巾干吗?"她对瑞琪凶巴巴地说,"你明知道自己不会游泳。"

"我想我可以在海水里走着玩。"瑞琪结结巴巴地说。

"我来教她游。"哈奇说。

"你不能教她,"杭莉叶说得恶声恶气,"你是来这里度假的。瑞琪也不想学游泳。再说,谁能上一堂课就学会啊?"他们吃力地往坡下走去。

缇莉眼看着三人渐渐走出视线,心想,哦,感谢上帝,我终于可以喝杯酒了。

　　来到悬崖下后,哈奇和杭莉叶扔了衣服飞快地跑到海里,他们的膝盖提得高高的,那飞奔的模样就像是刚刚放出谷仓的小马。瑞琪慢慢地脱掉毛衣和T恤。T恤底下是一块纱布,覆盖着那东西割除后留下的缝线。她知道咸咸的海水泼溅在伤口上肯定会疼,伤口还不到一个星期。可是她决定,管他呢,只要能把杭莉叶的注意力吸引过来就好了,她一门心思想展示给杭莉叶看。她身穿泳衣站在那儿,眼巴巴地看着杭莉叶和哈奇潜入波浪。接着她慢慢走入海中。这时杭莉叶恰好从波浪中探出脑袋,看见她之后发出了巨大的惊呼声,随即三步并作两步跳上了海滩。

　　"你在做什么?"杭莉叶厉声说着,随手抓起一条大毛巾扔在瑞琪的肩膀上,"你说你究竟在做什么啊?"然后她才发现了那块纱布,嘴巴立即张成了一个O形。

　　瑞琪伸手到背后去把纱布摘了。"我做手术把它割掉了。"她说。

　　清洗完茶具后,缇莉和潘潘来到前廊上。哈波正坐在台阶上剥着晚餐要吃的豌豆。太阳就像一颗可爱的、被薄雾笼罩着的圆球,桃红色,没有清楚的界限,就那样轻巧地挂在松树梢的后方。空气中有一股木柴燃烧的烟味,那是晚上她们的炉子里生起的柴火散发的,还掺杂了松针在阳光中炙烤

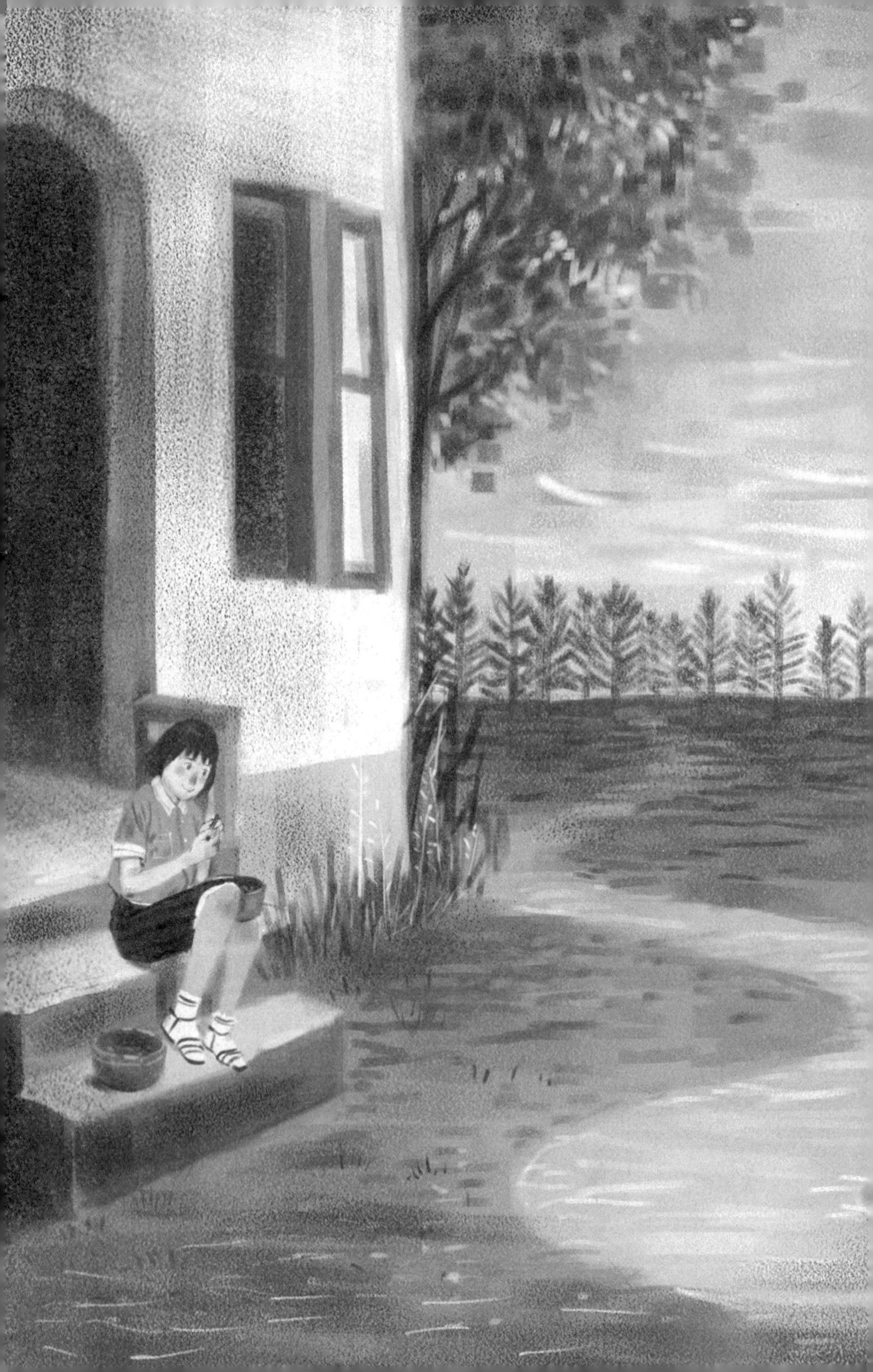

的香味，以及阵阵狂风刮来时那海的味道。她们三人安静了很久。缇莉把雪利酒搬到了外面的桌子上，就放在她身边，而且已经喝了好几杯。不过她还就近摆了一个垫子，要是哈奇和杭莉叶出现在视线之内的话，那垫子可以用来遮挡酒瓶。终于，瑞琪、杭莉叶和哈奇出现了，上楼去换衣服。哈奇与杭莉叶决定待在楼上小睡，瑞琪独自下楼来，坐在哈波旁边，帮她剥豆荚。

潘潘坐在摇椅上轻轻地来回摇晃。"为什么，"她终于疑惑不解地说道，"她说他们要订婚的时候，我们每个人都没什么反应？"

瑞琪什么话也没说。

"我完全了解你的意思，"缇莉说，"因为我想都没想几乎就要说：'哦，不，你们俩才不会。'可是，我不知道为什么那些话会跑进我的脑子里，毕竟我几乎都不认识杭莉叶了。"

"是啊，"潘潘说，"不过我很确定他们不会订婚，连他们在一起我都很诧异——如果他们真在一起的话。我不知道为什么我连这一点也要怀疑。好奇怪。瑞琪，你觉得呢？"

"我不知道。"瑞琪说，"他们应该很喜欢对方吧，都一起从那么老远来这里了。"

"可你知道我们的意思，是不是，瑞琪，亲爱的？"潘潘说,"希望并不是我心怀恶意才这么想。不知为什么,我总觉得一切好像都不太真实,可又说不出个所以然来。"

"哦,看在老天的分上,"哈波气急败坏地说,"你们真的不知道为什么吗?"

然后突然间,她们就都明白了。

The Canning Season

11
装罐季节

那个星期发生了两件事情,让大宅子里的气氛为之突变。一件是哈奇的存在。大家都不习惯有个男人在身边,光是那身肌肉的力量就已经是一大奢侈。哈奇让潘潘坐在手推车里,由他推上推下地往返于家里和海边。这也是潘潘自心脏病发作以来,头一回能跟缇莉一块儿恣意地泡在海水里。她们俩轮流站在波浪中,紧抓着哈奇,而他就像一道巨大的光头防波堤。他甚至还开车到镇上去帮她们取邮件,也包括她们订购的玻璃罐子。

"今年我还没打算用这些罐子,"潘潘说,"我本想把它

们留在邮局的。"

哈波想试试把花园里的一些蔬菜苗装罐密封。一天晚上吃饭的时候，她们讨论了一下，潘潘高兴地批准了。

"说到底，"潘潘说，"今年反正我们不会用这些罐子来装蓝莓了。"

"为什么不装了？"瑞琪问道，哈奇这会儿把杭莉叶带到德利镇去吃晚餐了，这让她心里稍微放松了一些。

"今年不行了，我们干不动了。"潘潘说，"去年就已经够吃力了。"

"可哈波和我可以啊。"瑞琪说。

"你别那么快就把我推上前线好吗？"哈波愤愤不平地说着，用叉子叉起几块胡萝卜。那是她在晚餐前才刚拔出来的，随便蒸了一下，吃起来土腥味很重。"我在花园里已经费了不少功夫了。"

"再说，"潘潘提醒道，"你们俩也只有一个人能摘莓果。"

"另一个得拿猎枪守着。"缇莉接着说，"而且，除非你们俩当中谁能学会射击，否则拿着枪也没用。"

哈波不吃了。"我可以学射击。"她说。

"抱着猎枪是最辛苦的差事，很热……很无聊……"

"就光是站在那里……"潘潘说。

"我才不会傻站在那儿，我射蜜蜂。"哈波说。

"即使是那样,也很无聊。"缇莉说道。

"瑞琪说得对,"哈波说着,突然彻底改变了主意,"我们应该继续做罐头。等赚够了钱,我们就能买电脑了,我就可以研究蚯蚓了!"

"电脑?"缇莉刻薄地说,"等我死了再说。"

之后到了星期三四的时候,她们必须做出决定了。原来潘潘仍然会习惯性地定期到沼泽地去查看,或许她也正一厢情愿地希望自己摘莓果的日子还没有结束。这一天她无比兴奋地跨进厨房,宣布道:"熟了!"她们必须马上做出决定。于是,又一年的装罐季节就这样正式开始了。

从那一刻起,瑞琪和哈波在潘潘的监督和指导之下,就完全没有时间去留意杭莉叶和哈奇的动向了。杭莉叶和哈奇尽职尽责地在用餐时间出现,却发现食物都被乱七八糟地扔在餐桌上,潘潘、哈波和瑞琪不是在沼泽地里就是在厨房里,身上溅满蓝色的汁液和糖,答话的时候都只说一个字,要不然就根本不搭腔。缇莉则整天躺在长沙发上。本来她可以殷勤好客一些,但她才不想那么做。她虽说也像其他人一样喜欢哈奇,却并不希望他和杭莉叶黏在一块儿。然而这又根本不太可能,他们俩自始至终都在一起,杭莉叶把哈奇拴得可紧了。因此每当他们俩走进屋里,缇莉都会马上闭上眼睛。

经过三天装罐时的极度忙乱状态,杭莉叶冷冷地宣布他们非离开不可了。潘潘曾邀请杭莉叶参与装罐,可是杭莉叶回避这整件在她看来"乱糟糟、黏糊糊和疯狂"的事。但瑞琪觉得,装罐季节的那股狂乱而旺盛的干劲正是她最喜欢的一部分。从黎明到黄昏,她们被卷入其中,闪电般快速摘取和处理莓果,装满一个个的玻璃罐子,搅拌一大锅又一大锅的混合物,再火速冲到小镇上去买更多的糖。只有睡觉的时候,所有的动作才会停歇,这就好像大洋中的一股波浪。然而,当杭莉叶宣布要离开的时候,瑞琪还是深受打击。她这才从果酱锅旁边走开,到门廊上去跟他们道别。

"上飞机之前,我们还要开车到海边去逛一下。"哈奇说。

"我觉得你们都工作得太辛苦了,"杭莉叶说,"总是匆匆地赶到这里,又匆匆地赶去那里……"她才刚要开始说出自己的看法,就发现瑞琪正歪着头留意锅上煮着的果酱。听见它嘶嘶作响的声音不太妙的时候,瑞琪明白自己动作要不再快一点儿,锅里的东西就要烧焦了。"哦,等一下,我马上回来……"她说。可是等她再回来的时候,他们已经走了。

那几天变得好热,到了晚上,她们索性来到外面的门廊上吃野餐式的晚餐。这是她们一天当中唯一能休息的片刻,可以让她们的脚趾头暂时远离厨房和沼泽地的热气,到外头凉快凉快。哈奇和杭莉叶已经走了两天了,哈波转向瑞琪,问道:"嘿,你一直都没告诉我们,看见那东西没了的时候,你妈妈是怎么说的?"

"她说大夫的医术很差,以后肯定会留下很难看的疤。"瑞琪说,"还说我不该让哈奇看到。"

"她真以为会有人的医术比理查森大夫还好呢!"潘潘说。

"我的天,"哈波说,"你妈妈——"

"哈波,瑞琪,"潘潘打岔道,"可不可以麻烦你们到厨房去,给缇莉再拿一点干酪过来,也帮我拿点什么?"

"你要什么?"哈波问。

"哦,我无所谓,亲爱的,"潘潘说,"只要里面没有蓝莓就好。"

"好的,阿门。"哈波说着便和瑞琪进屋去了。

这些天她们一直在以疯了似的快节奏干活,潘潘这时才刚刚往椅背上一靠,闭上眼睛享受了几分钟傍晚的徐风,就听到缇莉虚弱无力地喊了一声什么。她登时惊得跳了起来。缇莉瘫坐在椅子上,潘潘站起来弯腰看着她,什么声音也发不出来。

"听着,潘潘。"缇莉抬眼望着她,说得非常急切,"我知道我们一直以来都是怎么约定的,可是你明白这会儿我们不能那么做了,是不是?"

潘潘使劲地点着头。这会儿它真的要发生了,她却无法相信。然而尽管她无法相信,但就好像时间已经停止,这一刹那填满了周遭多少公里的空间。"还有，潘潘，"缇莉说道，那细若游丝的声音听起来狂乱无比，好像生怕来不及把话说完，"潘潘，把电话线路改一改。"潘潘又一个劲儿点头，然后只能满心煎熬地望着缇莉发愣。在那之后的好几年中，潘潘常常在半夜醒来，后悔当时自己什么话也没有说出口，后悔自己太过惊愕、害怕和悲痛，以至于在那样的时刻该说的话都没有说，然后那持续了许久、填满那许多空间的一刹那就结束了。

瑞琪和哈波回来的时候，看到潘潘很安静地坐在那里。两个女孩看了看她，再看看缇莉，也坐了下来。过了许久许久，都没有人说一个字。

理查森大夫与夫人出席了葬礼，还有梅朵和小伯尔。当然，还有潘潘、瑞琪和哈波。她们把缇莉葬在母亲的身边，葬在父亲七十三年前为她挑选的墓碑之下。举行葬礼的那天早上，在等待其他人来的时候，潘潘给瑞琪讲了一个故事。那天她们暂停装罐，哈波则到花园里除草去了。

"你知道吗？我还记得母亲下葬的那天，也是在装罐季节期间。那还是在我们做蓝莓生意以前，但那时我们的厨子也会把厨房花园里种的蔬菜装罐密封。那时的花园比现在大得多，我常常会去帮厨子的忙。我一直都很喜欢园艺和装罐。我就跟哈波一模一样，土壤摸在手里的感觉支撑着我度过了许多年月。但缇莉就辛苦多了，帮助她度过多年岁月的人是母亲。母亲自杀之后，缇莉就是不能理解她怎么能用那种方式离开。她就是不懂，而母亲也不知道、也顾不了自己对于女儿有多重要。缇莉不明白这一切。母亲在她眼里就是母亲，她怎么也不肯换个角度去想。她很生母亲的气，不希望母亲变成那个样子。可是，其实那年夏天的母亲，已经不可能再当任何人的母亲了。而且我常常在想，真相并没有好坏，它就只是真相罢了。我猜，缇莉只是希望母亲继续扮演她已经演不下去的角色。我不生母亲的气。当然，我很伤心，我们俩都很伤心。而且踩到母亲的头，真是恐怖极了。"

"你真的踩到了？"瑞琪问道。

"正好踩在上面，这只脚的这个趾头上还沾到了血。"潘潘说着抬起右脚，仿佛还能看见那儿有血迹，"缇莉似乎以为自己给母亲造成了某种负担，后来她选择住在这片森林里，就是不想再成为任何人的负担。人在遭受极大的创伤时，很可能就会裹足不前。我想那也是为什么在举行婚礼的时候，她会选择艾米莉·狄金森的那几句诗。在伯尔还没开始瞎扯那些白痴的誓词之前，她就已警告过他别打扰这块土地了。我很高兴，能把她葬在母亲的身边。我想，她会认为只要躺在母亲的身边就能找到平静。我很希望她是对的，但是瑞琪，恐怕我们只能在自己的内心找到平静。而且，缇莉可能还很害怕,以为母亲用那种方式离开她,是因为她不值得人爱。当然,事实才不是那样。"有那么一刻,潘潘的脸皱成了一团,"我爱她。"潘潘没有哭,可是瑞琪凝视着她那张愁苦的脸,更希望她能哭出来。

在墓地旁边,潘潘说,缇莉选择了以自己的方式在森林里度过一生,既不受约束,也不受打扰,还说我们必须爱别人本来的样子,而非要求别人成为我们所希望的那样。然后她朗诵了缇莉多年前为自己选择的诗句:

此床是开阔的。
铺床时心怀敬畏;
于床上等待审判来到,
精彩且公平。

愿床垫齐整,
愿枕头圆满;
别让日出黄色的噪音
打搅这土地。

大家都安静地站着。梅朵望着缇莉的坟墓,突然说:"换了是我,会把她往右边再挪个几寸。"

然后她们继续装罐。

后来,潘潘让人把电话线改装了,她们能往外打电话了。等到估计杭莉叶和哈奇已回到潘萨镇的时候,瑞琪打了个电话给妈妈。听到缇莉去世的消息,杭莉叶说:"哦,这倒不太令人吃惊。"

"潘潘把电话线路改装好了,我们现在能打出去了。"瑞琪说道。

"早该改了。"杭莉叶说着吸了吸鼻子,她的鼻音重得有点不正常。瑞琪问她是不是有什么事,她才说道:"嗯,让你知道也好,我跟哈奇分手了。"

"哦,"瑞琪说,"我很抱歉。"

"他变得越来越让人难以忍受,一天到晚在那儿蹦来蹦去,做那么多运动,吃那么多糙米。"

"我猜,这就是为什么我打电话到家里,还能找到你的原因吧。"瑞琪说。

"不管怎么样,瑞琪,我要上班去了。潘潘是不是希望你能早点回来?"

"她什么也没说。哈波要留下来,在家里上学。"

"胡说八道什么啊,"杭莉叶说,"潘潘什么也教不了,她已经老糊涂了。好了,我真得走了。"

第二天,瑞琪又打电话给杭莉叶,担心妈妈一个人在房子里晃荡会觉得孤单又伤心。

"嗨，妈妈。"她说。

"又是你！"她妈妈回道，"你不是昨天才打来了吗？"

瑞琪挂上电话，走进厨房，看到潘潘和哈波正在那里煮糖，忙着装满一个又一个的罐子。"潘潘，我能不能也在这里过冬？"

潘潘看看瑞琪，说道："哦，当然可以，亲爱的。哎，老天，谁赶紧抓几块隔热抹布过来，趁着还没煮过头，快把锅子端起来。哈波！"之后再也没人提起这件事，虽然杭莉叶打过好几个电话来，告诉瑞琪说自己犯了一个大错。杭莉叶在哈波逼潘潘买的答录机上留了好几次言，都是这么对瑞琪说的。可瑞琪她们通常要不就是在外面的花园里，要不就是在照顾蜜蜂，或者跑去采摘最后一批莓果，没有人留在家里接电话。瑞琪也再没给妈妈回过电话。

"你打算在这里住多久？"有一天在外面野地里时，哈波问她。

"我希望没有人会问我这个问题。"瑞琪说。

"我也是。"哈波说。

她们赢得了大丰收。潘潘在缇莉的坟上撒了一些什么种子。那年的装罐季节过后，她教会了瑞琪和哈波开车。

The Canning Season

尾声

潘潘一直活到两个女孩分别长到十八和十九岁,然后在那年的夏天,在装罐季节期间,按照家族的传统,她过世了。两个女孩和理查森大夫把她埋葬了。当时理查森大夫已经患上了帕金森氏症,葬礼上他全身颤抖着,和她们一块儿站在坟墓旁。

潘潘把那栋宅子和她在这世间所有的财产都留给了两个女孩。两个女孩这几年都在家里上学,哈奇每年夏天都会来做客。听说潘潘去世后,他立刻带了一整套家中健身器材,送给两个女孩。他已经不再担任狩猎俱乐部的职业网球队员了，反而重拾最初的爱好——有氧舞蹈，还成功地训练出了几位很有潜力的世界冠军选手。

"可我对谈恋爱一直不太在行。"他伤心地说。

"你哪儿来的时间谈啊？"两个女孩不以为然地说。她们知道，哈奇为了保持巅峰状态，一直在无情地锻炼自己已渐渐老迈的身体。

"我偶尔还会见到你妈妈。"哈奇说。

"哦，是吗？"瑞琪说。自从她选择待在森林里，妈妈就再也没来看过她。

"有一回我碰到她时，见她好像在跟一个人谈恋爱。我觉得那个人还挺适合她的，但他们在一起的时间似乎也很短。"哈奇说，"我曾希望他们俩能成，真的。可是上回我看见她的时候，她又把他甩了。我跟她说：'你不能再这样了，杭莉叶。'"

"哦，我妈不喜欢改变现状。"瑞琪说。

"而你就要离开家去上大学了！"哈奇对哈波说道，哈波刚刚被波多因大学的秋季班录取了，"那你一个人待在森林里干吗呢？你也应该去上学啊。"哈奇说着转向瑞琪。

"不，我喜欢森林。"瑞琪说。这几年来她只认识森林，可她又担心自己之所以不太想去上大学，是因为她像妈妈一样不喜欢改变现状。这让她有点心烦。

"我也觉得你该去上学。"哈波对瑞琪说，"潘潘走了，我们不再是三个人在一起了,你会落单的,一切都会不一样,你会变得怪怪的。"

哈波上大学之后,一再跟瑞琪重复这句话。她只要周末没事,就一定会回家看看,然后等到什么时候,总会对瑞琪说:"你会变得怪怪的。"

"哦,我看起来已经怪怪的了吗?"瑞琪问哈波。

"你还很年轻,"哈波忧心地说,"就这样住在森林里,没有人能找得到你的。你就不想结婚生孩子吗?"

"我爱我们的农场。"瑞琪平静地说。她们现在也卖罐装蓝莓以外的产品了,瑞琪还学会了制作干酪,售卖与蜂蜜相关的产品。"再说,要是有人命中注定会找到我,那不管我是在森林里还是其他任何地方,他都能找到我。"

"说什么童话故事!"哈波揶揄她,"你要是住在森林里,就没有人找得到。你得去外面有男孩子的地方才行。嘿,想不想跟我到学校里去待一个星期,看看感觉如何?我带你去认识一些男孩子?"哈波永远都在认识男孩子,她似乎天生有这样的魅力。看见瑞琪摇头的时候,哈波简直要气炸了。"你可以的,你大可以离开这里几年。这房子永远是我们的,绝不会卖掉。"这是潘潘过世之后她们俩的约定。无论她们俩之中任何一人发生任何事情,无论生活把她们俩带到了任何地方,她们都永远不会卖掉这栋房子。

223

"我到外面去找什么呢?"瑞琪说,"我已经找到了自己喜欢的东西。我要养蜜蜂、照顾母牛,还要做蓝莓罐头。"不过有时她也怀疑哈波是对的,也许她是为了错误的理由才留在森林里。

一天,她正在墓地附近散步的时候,电话铃响了。她冲进屋里接起电话,是哈奇打来的。哈奇会定期打电话过来,问问瑞琪在做什么,看看她的日子过得怎么样。"我正在琢磨在潘潘的坟墓上种点什么东西。"瑞琪说,"春天的时候,要是坟上有花开的话,一定很美。"

"那你干吗不种些潘潘在缇莉的墓上种的东西呢?"

"那是什么可怕的东西啊?"瑞琪问道,她嘴里嚼着吃剩的吐司,眼睛眺望着窗外。

"园丁应该是你啊。"哈奇笑道。

"那好像是什么野草。"

"那是芥末。潘潘最爱芥末种子。她说,你把它撒在哪里它都能活,即使是在最贫瘠的土地上。"

"哦,那个潘潘,她就爱种东西。"瑞琪怀念地说道。

"是啊,她就是爱种东西。"哈奇附和道。

念完大学之后,哈波成了著名的蚯蚓专家,也是防治园艺虫害的专家,经常去各地给花园治病。她生了六个宝宝,到外地工作的时候,就把孩子留在家里给当小说家的丈夫照顾。她的双手总是深深地埋入别人花园里的土壤，那种感觉就像回到家，摸到了大地的心跳、她自己的心跳和每个人的心跳。带孩子去看瑞琪的时候，哈波还会继续这么说瑞琪，就像过去十五年来她一直说的那样："你就不担心自己一个人待在这里，会变得怪怪的吗？"

一天，当瑞琪自己也开始这样担心的时候，有人来敲她的门。她打开门，看到一个男人站在门口，身旁是个怀孕的女人。瑞琪立刻明白，这是玫瑰幽谷有史以来，第二次有人从丁克镇走错岔路之后，还继续往下开。她开始耐心地向男人解释他在什么地方走错了道，并告诉他通往孤儿院的正确方向。就在那一刻，她发现自己被男人的头发深深吸引住了，那一头金色的卷发一直卷上额头，看起来真是诱人。但她立刻甩了甩头，想把这个念头甩掉。要知道，眼前这个男人正带着一个怀孕的女人，要去圣西尔孤儿院啊。这可不是胡思乱想的时候，她跟自己说道。也许她真的变得怪怪的了。

可当天快到黄昏的时候，男人又独自回来了。原来那个怀孕的女人是他的妹妹。而且，这回他没有迷路。他叫理查德·菲尔丁，后来在玫瑰幽谷待了五十几年，才加入其他人的行列，安息于芥末草之下。菲尔丁是一名医生，他也热爱森林，于是丁克镇上那些怀孕的、生病的以及那些伐木工人，就又有人照顾了。理查森太太在过世前都没能搬去佛罗里达州，可是理查森大夫终于能坐下来休息了——菲尔丁大夫也照顾他。

在那之后的许多年里，每年的装罐季节哈波都会回来帮忙，然后再和丈夫单独跑出去度个假，把孩子们托给瑞琪和理查德照顾。

有一年，就在这样的时候，瑞琪把小宝宝凸凸抱在大腿上，与哈波的另外五个女儿——艾米莉、雷梦娜、泰瑞莎、缇莉和潘妮——围坐在餐桌前，吃着蓝莓纸杯蛋糕。盛蛋糕的兔子托盘是瑞琪姨妈特意为她们买的。这时电话铃响了，是杭莉叶打来的。瑞琪和杭莉叶每年会通一两次电话。这次她也跟往常一样，只跟杭莉叶聊了一小会儿。

瑞琪挂上电话后，十二岁的艾米莉问道："是杭莉叶吗？"瑞琪点点头。"如果你真是我们的姨妈，那杭莉叶就是我的姨婆了，对不对？"艾米莉说。

"我真是你们的姨妈啊。"瑞琪心满意足地说，又拿了一个纸杯蛋糕。

"那我们夏天来玩的时候，她怎么从来都不来？"艾米莉从妈妈那儿听说了一些有关杭莉叶的故事，可她还是想听听瑞琪的说法。瑞琪也猜到了她的意思，于是想了一想，说道："这么说吧，杭莉叶不擅长旅行，她也不喜欢改变。"

"妈妈说她不喜欢你。"艾米莉说。

瑞琪又想了想，说道："那你知道杭莉叶喜欢什么吗？她喜欢狩猎俱乐部。"

"就是你教我们的祷告词里所说的那个狩猎俱乐部？"艾米莉问。

"对。"

"狩猎俱乐部是什么东西？"雷梦娜问。

"那是个非常美妙的地方，可以打网球，在湛蓝的泳池里游泳，还可以骑马，喝玻璃杯里插着各种小纸片的饮料。"

"那她为什么会说感谢上帝有它？"

"因为，那是杭莉叶一直都想去的地方。她在端盘子当服务员和替别人打扫屋子的时候，心里所想的就是那个地方。她很希望有一天能成为那家狩猎俱乐部的会员。"

"妈妈说，杭莉叶觉得是因为你她才进不了狩猎俱乐部的，这事让你很生气，导致你好几年都没有跟她说话。"艾米莉说。

瑞琪的脸绷紧了一会儿，蓦然间，她很感激潘潘、缇莉、哈波和杭莉叶。这就好像她们进入这个生命时都曾许下了一个承诺，随着她们的来到，也带来了她们自己的消息，仿佛她们曾经去过的地方，她们需要的东西和所知的一切，她们所有的故事都是一种核裂变，创造了达到临界状态的核反应堆，因此到达某一个时间点的时候，瑞琪才得以理解其中些微的部分。她想到潘潘的电池之所以总是能够不断地充电，不是因为潘潘有人爱，而是因为爱是那么优雅又滑顺地流过她的心中。她是怎么做到的呢？这就好像一项了不起的天赋。

"其实，杭莉叶是为了我们俩才那么拼命地想成为狩猎俱乐部的会员。后来我发现，我非得离开杭莉叶和她心心念念的狩猎俱乐部不可了，这使得我们都很伤心、很伤心。有时候，生气要比哀伤容易得多，可我没有一天不担心她，担心她会怎么也进不了狩猎俱乐部。有一年装罐季节期间——也许是之后吧，我想——我觉得自己实在担心得够多了，于是就在本该把果酱装满罐子的时候（你妈妈肯定会很高兴地指出这一点），我硬着头皮打电话到那个俱乐部去。结果，俱乐部的人说，任何人都可以成为会员，你，我，杭莉叶，都可以，没什么难的。我终于明白，她能不能成为会员自始至终都跟我无关，然后我才不再担心了。"

那天阳光普照，天气暖和。瑞琪的丈夫到各个伐木营地去巡回出诊了，检查工人的脚上有没有化脓的水泡或者真菌感染。瑞琪知道，他得花上很长的时间，因为那些工人不喜欢脱鞋露出自己的痛处、伤口和尴尬的臭脚丫。菲尔丁大夫必须费好大的功夫向他们保证，说他们的脚并不可耻。没有所谓的好脚和坏脚，脚就只是脚罢了。但是他几乎得跟每一名伐木工这么说一遍，所以瑞琪知道这一天会很漫长。她打算晚一点再给大家做一顿龙虾晚餐。于是午餐过后,她带着孩子们来到了海边。

那是一个完美的仲夏日,轻柔的空气在海水的泼洒之下闪着朦胧的蓝光。每个人都泡在水里游泳,游了好久好久。海浪打在她们身上,也拍击着海的不同角落,变成白色泡沫的海水有如结霜一般。艾米莉发疯似的尽情往雷梦娜身上泼水,然后用盖过海浪的声音大喊道:"感谢上帝有狩猎俱乐部!"

"是啊,狩猎俱乐部。"雷梦娜扯着喉咙说。

"感谢上帝有它。"缇莉说,她正骑着一只充气恐龙,乐不可支地在水里漂来漂去。

"是啊。"潘妮也附和道,她正沿着海岸踩水玩。

"要是没有它,我们会在哪里呢?"艾米莉又说。

"哪里都到不了。"雷梦娜说。

"是啊,感谢上帝有它。"艾米莉说,"没错,那是一定的啦。"

一道波浪拍在瑞琪的头上,把她整个儿都淋湿了。海水跑进她的眼睛和嘴巴,打在她裸露的肩膀上。"是啊,"她重复道,"那是一定的。"

之后她们又游了很久,游得非常卖力。然后大家才走上岸回到屋里,跟菲尔丁大夫共进晚餐。晚餐过后,瑞琪来到屋外桃红色的天空下照顾蜜蜂。她开心地从谷仓闲步来到鸡舍,再来到花园,在轻柔的夏季薄雾中平静地往前走着。

229

图书在版编目（CIP）数据

蓝莓季节/（美）霍华斯著；赵永芬译.
—昆明：晨光出版社，2013.10（2025.3重印）
ISBN 978-7-5414-6072-2

Ⅰ.①蓝… Ⅱ.①霍…②赵… Ⅲ.①儿童文学－长篇小说－美国－现代 Ⅳ.①I712.84

中国版本图书馆CIP数据核字（2013）第228184号

THE CANNING SEASON by Polly Horvath
Copyright © 2003 by Polly Horvath
Published by arrangement with Farrar, Straus and Giroux, LLC
All rights reserved.

本书中文简体版由法勒、施特劳斯和古鲁出版公司〔美〕授权云南晨光出版社有限责任公司独家出版。未经出版者许可，任何单位或个人不得以任何方式复制、摘录或抄袭本书中的任何内容。

著作权合同登记号 图字：23-2013-080号

LAN MEI JI JIE
蓝莓季节

出 版 人 吉 彤

作　　者	〔美〕波莉·霍华斯
翻　　译	赵永芬
绘　　画	小　力
项目策划	禹田文化
责任编辑	李　政　常颖雯　付凤云
版权编辑	杨　娜
美术编辑	刘　璐
封面设计	萝　卜
版式设计	辰　子
内文排版	呼世阳

出　　版	晨光出版社
地　　址	昆明市环城西路609号新闻出版大楼
邮　　编	650034
发行电话	（010）88356856　88356858
印　　刷	固安兰星球彩色印刷有限公司
经　　销	各地新华书店
版　　次	2014年1月第1版
印　　次	2025年3月第25次印刷
开　　本	145mm×210mm　32开
印　　张	7.5
ＩＳＢＮ	978-7-5414-6072-2
字　　数	97千
定　　价	22.00元

退换声明：若有印刷质量问题，请及时和销售部门（010-88356856）联系退换。

金牌小说